KB232812

서문문고
74

투명인간

H. G. 웰스 지음

박기준 옮김

차　례

해 설

박 기 준

20세기의 문명비판사(文明批判史)에서 H.G.웰스의 위치를 빼놓는다면 그를 대신할 사람이 누구냐 하는데 우리는 당황할 것이다. 20대의 생물학자, 30대의 작가, 그리고 4,50대로부터 제2차 세계대전의 도가니 속에서 죽을 때까지의 예언자로서의 그의 혜성적(彗星的) 존재야말로 영국이 자랑하는 20세기 지성인의 대표적 인물의 한 사람으로 추앙하여 모자라지 않는다.

허버트 조지 웰스(Herbert George Wells)는 1866년 9월 21일 영국 케트 브롬리에서 태어났다. 부친의 생업을 이어 본래 포목상으로서 평범한 일생을 보낼 뻔했던 그가 야외운동을 즐기고 독서를 잊지 않는 부친의 취미에 많은 영향을 받은 것은 숨길 수 없는 사실이다. 초기에 가난과 불의의 시련에 직면하면서도 그는 꿋꿋이 자기의 의지를 굽히지 않고 초인적 노력을 기울여 마침내 작가로서 영국 문단을 활보하게 되었다.

작가 생활이 계속되는 동안에 웰스의 비상한 식견과 종합적인 교양은 점점 인류적인 전체 문제라든가 역사의 앞날을 염우(念憂)하는 인도주의적 관심이 짙어가기 시작했다. 문학으로 말하면 어디까지나 인간을 위해서 있다는 고전적인 해석을 굽히지 않았다. 그것은 '문학을 위한 문학'을 표방하는 소위 예술지상주의와 성질을 달리하는 것이다.

그러는 동안 제1차 세계대전이 일어나자 이것이야말로 인류를 위하여 영원히 전쟁을 없애기 위한 전쟁으로 단정하고 저 유명한 ≪세계문화사대계(The Outline of History)≫의 종장에서 그것을 선언한 바 있다. 그러나 전쟁은 가시지 않을 것 같았고 새로이 공산주의 소련이 세계 정국에 크게 등장하게 되었다. 그때 이미 현재의 영국 노동당의 시발점을 지은 페이비언 소사이어티(Fabian Society)의 열성적인 일원으로서 이데올로기에 대해서 비교적 자유주의적인 입장을 취해 오던 웰스가 소련을 방문하고 스탈린을 만나 붉은 독재하의 현실을 보자 말할 수 없는 실망을 느꼈다.

전운(戰雲)이 다시 험악해지기 시작할 즈음에 이르자 웰스의 관심은 세계국가로 집중되었다. 그것은 ≪개정된 세계문화사대계≫의 종장에 소상하게 피력되어 있다. 인간은 어디까지나 물적 환경의 도가니 속에서 벗어날 수 없다는 자유주의자의 주견(主見)에서, 이러한 정치적 제도만이 인류를 야만과 자살에서 구원할 수 있다고 주장했다. 1934년에 발표한 두 권의 자서전 ≪생활의 실험(The Experiment of Living)≫은 이 점을 서술한 작품으로서 주목된다.

드디어 다시 전쟁은 터지고 말았다. 인간이 자기 손으로 만든 힘의 소산을 이렇듯 컨트롤하지 못한 데서 일어난 이 위대한 비극 앞에 웰스의 실망은 컸다. ≪인내의 피안에서(Mind at the End of Its Tether)≫는 그러한 심경을 술회한 그의 최후작이다. 그는 오랫동안 병으로 신음하다가 1946년 8월 13일에 런던의 자택에서 80년의 생애를 마쳤다.

끝으로 저자의 중요한 작품을 소개하면 다음과 같다.

1893년 ≪생물학 교본(Text-Book of Biology : 2권)≫
1895년 ≪시항기(時航機 : The Time Machine)≫
1897년 ≪투명인간(透明人間 : The Invisible Man)≫
1898년 ≪세계의 전쟁(The War of the Worlds)≫
1901년 ≪달나라로 간 사나이(The First Man in the moon)≫

　　　≪기대(期待 : Anticipation)
1903년 ≪인류의 생성 (Mankind in the Making)≫
1905년 ≪현대의 유토피아(A Modern Utopia)≫
1906년 ≪혜성시대(彗星時代 : The Days of the Comet)≫
　　　≪아메리카의 앞날(The Future in America)≫
1910년 ≪폴리 씨 행장기(行狀記·The History of Mr. Polly)≫
1911년 ≪신판 마키아벨리(The New Machiavelli)≫
　　　≪맹인국(盲人國 : The Country of the Blind)≫
등 단편집
1914년 ≪해방된 세계(The World Set Free)≫
1916년 ≪뭣이 오나?(What is Coming)≫
1917년 ≪전쟁과 미래(War and Future)≫

1920년 《세계문화사대계(The Outline of History)》

1921년 《문명의 구제(The Salvaging of Civilization)》

1924년 《꿈(The Dreams)》

1926년 《윌리엄 클리솔드의 세계(The World of William Clissold : 3권)》

1932년 《인류의 노동·부(富)·행복(The Work, Wealth and Happiness of Mankind)》

1933년 《다음에 오는 것(The Shape of Things to Come)》

1936년 《절망의 분석(The Anatomy of Frustration)》

1939년 《인간의 숙명(The Fate of Homo Sapiens)》

1940년 《신세계 질서(The New World Order)》

1944년 《현대 회고록(A Contemporary Memoir)》

1945년 《인내(忍耐)의 피안에서(Mind at the End of Its Tether)》

투명인간

1 수상한 사나이의 도착

2월 어느 이른 겨울날, 그 해 마지막 눈이 몸을 에는 바람과 함께 휘몰아치는 언덕을 넘어 브람블허스트 역 쪽에서 걸어오는 수상한 사나이가 있었다. 두툼한 장갑을 낀 손에 간단한 검은 가방을 들고 있었다.

수상한 이 사나이는 머리에서 발끝까지 싸매고 신사모의 챙이 온 얼굴을 가리어 코끝만이 반질반질하게 튀어나 보일 정도였다. 눈이 사나이의 어깨와 가슴팍에 쌓여졌고, 손에 든 짐에까지 흰 눈이 무더기로 쌓여지는 것이었다.

이렇게 해서 역마관(驛馬館) 안으로 죽은 사람처럼 허둥지둥 굴러들어가자 쥐었던 짐을 내던지는 것이었다.

"불을 좀," 사나이는 고함쳤다. "사람 하나 살리는 셈치고! 방과 불을!"

그는 바에서 발을 쿵쿵거리고 몸을 흔들고 해서 옷에 붙은 눈을 털고 나서 홀이란 이 집 안주인의 뒤를 따라 응접실에서 흥정을 시작하였다. 오랜 흥정 끝에 두 개의 은화(銀貨)가 탁자 위에 던져짐과 동시에 사나이는 이 여관을 숙소로 정하게 되었다.

홀 부인은 불을 일으키고 응접실을 나와 손수 식사를 준비하기로 했다. 손님이 무일푼의 식객이 아닌데다가 더구나 겨울 중 손님이 이곳 아이핑에 머물게 되었다는 것은 전무후무한 일이었다. 그래서 이 집 안주인은 이런 좋은 운수를 수포로 돌려보낼 수 없다고 결심했다.

돼지 등살을 굽고 느림뱅이 식모 밀이가 재치 있게 나무라는 바람에 약간 재빠르게 움직이기 시작하자, 안주인은 크로스 접시 유리잔을 응접실로 운반하고 그야말로 멋지게 늘어놓기 시작했다. 불이 활기 있게·타오르는데도 불구하고 그녀는 손님이 여전히 모자와 외투를 입은 채 자기를 외면하고 서서 뜰에 내리는 눈을 응시하고 있는 것을 보고서 놀랐다.

장갑을 낀 두 손으로 기지개를 켜고서 그는 사념(思念)에 잠겨 있는 것 같았다. 어깨 위에 쌓인 눈이 녹아서 양탄자 위로 여전히 뚝뚝 떨어지는 것을 그녀는 보았다.

"손님의 모자와 외투를 받아서 부엌에서 잘 말려 드릴까요?" 그녀가 물었다.

"그냥 두슈." 사나이는 돌아보지도 않고 말했다.

자기의 말이 똑똑히 들렸는지 알고 싶어 그녀는 한 번 더 질문을 되풀이하고 싶었다.

사나이는 머리를 돌리고 어깨너머로 안주인을 대하는 것이었다. "그대로 내버려 두시오." 사나이는 힘을 주어 말했다. 그때 그녀는 사나이가 커다란 청색 잠자리눈 먼지 안경을 끼고 외투 칼라 위로 턱수염이 무성하여 얼굴 전체를 가리다시피 하고 있는 것을 발견했다.

"좋아요, 손님께서 그러시다면. 방은 곧 더워질 겁니

다." 그녀가 말했다.

사나이는 대답이 없었다. 그리고 다시 안주인으로부터 시선을 돌리고 말았다. 홀 아주머니는 나쁜 때에 애기를 끄집어냈다고만 생각하고 식사 도구를 규칙적인 재빠른 솜씨로 내려놓은 다음, 방 밖으로 물러나갔다. 그녀가 한 번 더 되돌아왔을 때에도 사나이는 돌로 조각한 인간처럼 그냥 서 있는 것이었다. ─등이 곱추처럼 튀어나왔고 칼라를 턱까지 끌어올리고 물방울이 뚝뚝 흐르는 모자챙을 잡아내려 간신히 얼굴과 두 귀를 감추고 있었다. 그래서 애기를 주고받고 하는 것이 아니라 일종의 명령조로 소리쳤다.

"식사가 준비되었습니다."

"고맙소." 사나이는 말하기가 바쁘게 대답하고 나서 안주인이 문을 닫을 때까지 움직이지 않다가 그제야 몸을 돌려 기다렸다는 듯이 테이블 가까이 걸어갔다.

안주인은 바를 지나 부엌으로 물러서면서, 규칙적인 간격을 두고 간단없이 들려오는 소리에 귀를 기울였다. 철꺽, 철꺽, 철꺽, 재빠르게 스푼질을 하는 소리가 들려왔다. "저 계집애! 아차! 단단히 잊어 먹었군, 저 애가 그렇게도 꾸물거리기 때문이야!" 안주인이 말했다. 그러곤 겨자를 반죽하면서 너무나 거동이 늦다고 밀이에게 몇 마디 싫은 소리를 하는 것이었다. 그녀는 벌써 돼지고기와 달걀을 요리하고 식탁을 차리는 일이 다 끝났는데도 성화를 부렸다. 밀이는 "정말 사람 좀 살려 주세요."라고 투덜거렸다. 안주인은 겨우 겨자를 반죽한 것밖에 없이 떠들어댔다. 게다가 저쪽은 새 손님으로서 유숙하게 된 것이 아닌가! 안주인은 겨자를 그릇에 담아 가지고 검붉은 차 쟁반 위에 약간 자랑삼아 얹어 가지고 응접실로 들고 들어섰다.

그녀는 탕 소리를 내면서 예고도 없이 들어갔다. 안주인이 이렇게 하는 동안 손님이 날쌔게 몸을 움직였기 때문에 흰 물체가 테이블 뒤로 사라지는 것을 잠깐 사이에 볼 수 있는 정도였다. 사나이는 방바닥에서 무엇인가 줍는 것 같았다. 그녀는 테이블에다가 겨자 그릇을 탕 소리 내며 내려놓다가, 외투와 모자가 불 앞에 놓인 의자 위에 놓여 있는 것을 발견했다. 젖은 구두는 난로의 쇠울에 걸쳐 있었다.

안주인은 다음과 같이 고집을 세웠다. "지금 가져가서 말려야겠어요." 그것은 아무도 반대할 수 없는 말투였다.

"모자를 그냥 두시오" 사나이가 분명치 않은 목소리로 말하면서 돌아보는 순간 그녀는 사나이가 머리를 들고서 자기를 응시하고 있는 것을 목격했다.

잠시 그녀는 너무나 놀라서 입을 벌리고 사나이를 들여다보면서 서 있었다.

이상한 사나이는 흰 헝겊—그것은 이 사나이가 가져온 테이블용 내프킨이었다—로 자기 얼굴의 아랫부분을 가렸기 때문에 입과 볼이 완전히 감춰졌으며 음성이 똑똑치 못한 이유도 거기에 있었다. 그러나 홀 부인이 깜짝 놀란 것은 그것이 아니었다. 하늘색 안경 위로부터 흰 붕대를 감았고 빨갛게 뾰족 튀어나온 코만 남기고 양쪽 귀를 덮어서 얼굴 전체를 볼 수 없었다. 코가 빨갛게 번들거리는 품이 당장에 어디서 꺼내온 것 같았다. 그는 진한 밤색 벨벳 조끼를 입었고, 높고 검은 아마포(亞麻布)로 선을 단 칼라가 목에서 끝을 추켜들고 있었다. 무성한 검은 머리카락은 십자로 붕대를 맨 사이와 아래로 밀려나와 꽁지같이 뿔 모양으로 튀어나온 것이 도무지 납득이 가지 않는 이상야릇한 인상을 주었다. 헝겊을 두르고 붕대를 감은 머리 모양이 그녀가 기대했던 것과는 너무나 달랐기 때문에 잠시 등골이 서늘해졌다.

사나이는 감고 있던 테이블용 내프킨을 벗기지도 않은 채, 보고 있노라니까, 밤색 장갑을 낀 한쪽 손으로 그대로 잡고서 불가사의한 공동(空洞) 같은 안경 너머로 그녀를 응시하고 있었다. "모자를 그대로 두시오." 흰 내프킨 사이로새어 나오는 그의 말은 불분명했다.

안주인의 신경은 이미 얻어맞은 듯한 충격에서 회복하기 시작했다. 그러자 난로에 가까운 의자 위에 다시 모자를 갖다 놓았다. "전 몰랐어요, 손님." 그녀가 입을 열었다. "저." 그러곤 입술을 다물고 당황해 하는 것이었다.

"고맙소." 사나이는 그녀로부터 문 쪽으로 그리고 다

시 그녀한테로 시선을 옮기면서 무뚝뚝하게 말했다.

"내가 멋지게 말려 드리죠, 당장에요." 그녀가 말했다. 그러곤 사나이의 옷을 방에서 들고 나갔다. 나가면서 그녀는 한 번 더 흰 붕대를 감은 머리와 말없는 잠자리눈 먼지 안경을 들여다보았다. 그러나 내프킨만은 여전히 얼굴 정면을 가리고 있었다. 그녀는 문을 닫고 나오면서 약간 몸이 떨리는 것을 느끼면서, 얼굴에 놀람과 불안한 마음을 그대로 나타내고 있었다. "저럴 줄이야!" 그녀는 혼잣말로 중얼거렸다. "글쎄!" 그러곤 정말 조심스럽게 부엌으로 물러가서는 밀이에게 할 꾸지람조차 잊어버릴 정도로 생각에 잠겼다. 사나이는 앉은 채 그녀의 물러가는 발 소리에 귀를 기울이고 있었다. 테이블용 내프킨을 끌러 놓기 전에 그는 의심스럽게 창 쪽으로 시선을 던지고 나선 다시 식사를 계속했다. 한 입 틀어넣고 나서는 의심스럽다는 듯이 창 있는 쪽을 훑어보고 또 한 입을 넣는 것이었다. 그러고 나서는 일어서서 테이블 내프킨을 잡은 채 방을 가로질러 발〔簾〕을 힘껏 잡아당겼다. 순간 실내가 갑자기 어두워졌다. 그는 전에 없이 안심하는 태도로 식사가 놓여 있는 테이블로 되돌아왔다.

"저 불쌍한 사람은 사고를 낸 걸 거야, 그렇지 않으면 수술을 했을 거야." 홀 부인이 말했다. "붕대를 감은 것을 보면 틀림없어!"

그녀는 석탄을 더 집어넣고 말안장을 거둬 치우고 그

위에다가 나그네의 웃옷을 늘어놓았다. "그리고 저 잠자리눈 안경은! 그래 저이는 인간이라기보다 잠수복 헬멧 같애!" 그녀는 스카프를 안장 한켠에다 걸었다. "그리고 언제나 손수건으로 입을 덮고, 그대로 말을 하다니!……아마 그 입도 다친 게지— 그럴 거야."

그녀는 갑자기 무슨 생각이 난 사람같이 휙 돌아섰다. "제발 사람 좀 살리슈!" 그녀는 화제를 돌려서 말했다. "밀이야 아직 부엌 일이 끝나지 않았나?"

홀 부인이 나그네의 식사를 치우러 갔을 때, 사고로 다쳤기에 모양이 저렇게 흉하게 된 것이라는 생각은 그대로 확인되었다. 왜냐하면 사나이는 파이프 담배를 피우고 있었고 그녀가 방을 떠나지 않는 동안 물부리를 입술에 갖다 댈 때마다 노상 얼굴의 아랫부분을 명주 스카프로 덮는 것이었다. 그러면서 그것이 무의식적이 아니라는 것은 연기가 번져나오는 담배통을 유심히 들여다보는 것을 보았기 때문이다. 발을 친 창을 등지고 구석에 자리잡은 그는 식사를 마치고 기분좋게 몸이 훈훈해진 나머지 이제야 최초의 불쾌할 정도의 무뚝뚝함이 다소 가셔진 듯 입을 열었다. 불길이 큼직한 안경에 반사되어 이때까지 보지 못했던 불그스레한 빛을 던졌다.

"브람불허스트 역에 짐이 약간 와 있는데." 그가 말했다. 그리고 어떻게 하면 가져올 수 있는가를 물었다. 안주인의 대답을 재촉하는 듯 그는 붕대를 싸맨 머리를 매우 공손하게 숙였다. 그러나 "안 돼요."라는 대답에 실망한 모양이었다. "정말인가? 마차만 있으면 갈 수 있지 않은가요?"

불쾌한 아무런 이유도 없었기에 홀 부인은 묻는 말에 대답을 하고 나서 얘기가 오고가곤 했다. "언덕길이 험악해요." 그녀는 마차에 관한 질문에 대답하면서 이렇게 말했다. 그러고 나서 말머리를 잡았다는 듯이 "일 년이나 그 이상을 마차 문제가 해결되지 않고 있어요. 손님 한 분이 차부와 함께 죽었어요. 언제 또 사고가 날지 누가 알아요?"

사나이는 이 정도로 간단히 물러서지 않았다. "갈 수 있어." 눈은 투시할 수 없는 안경 너머로 그녀를 조용히 바라보면서 스카프로 가린 채 말했다.

"하지만 그렇게 되려면 상당한 시일이 걸릴 것 같아요. 안 그래요? 우리집 조카가 하나 있기는 하지만 낫에 팔을 베었어요—보리밭에서 낫에 넘어졌지요—그러니 말이죠! 석 달 동안이나 일을 못하고 있답니다. 내 말이 곧이들리지 않을 겁니다. 나는 언제나 낫을 보면 겁이 나요."

"그것쯤은 잘 알 수 있겠소." 나그네가 말했다.

"한때 우리는 그애가 수술하지 않으면 안 될까 봐 걱정했어요. 그만큼 중상이었어요."

나그네가 돌연 웃었다—개가 짓는 듯 웃음소리가 온 집에 울리면서 막 그치자 "그랬던가요?" 하고 그가 말했다.

"그랬어요. 그애나 나나 이런 일은 웃어 버릴 것이 못 돼요. 내 동생은 어리기 때문에 여간 서둘지 않았어요. 붕대를 싸매야 하고 풀어야 하고, 그런 사정이래서 솔직하게 말씀드리자면……."

"성냥을 가져다 주겠소." 나그네가 난데없이 말했다. "파이프 불이 꺼졌군."

홀 부인은 슬그머니 화가 났다. 이쪽에서 한 말을 그렇게 취급한다는 것은 확실히 실례였다. 그녀는 잠시 멍하니 상대방을 바라보다가 결국 은화 두 개를 생각했다. 그러곤 성냥을 가지러 갔다.

"고맙소." 그녀가 성냥을 내려놓자 사나이는 간단하게 말했다. 그리고 나서 어깨를 돌이켜 다시 창밖을 내다보는 것이었다. 아마 그는 수술이니 붕대니 하는 말에 신경을 쓰는 것 같았다. 안주인은 여하튼 솔직하게 말한 것은 아니었다. 그러나 사나이의 업신여기는 태도가 안주인의 기분을 상하게 했다. 밀이가 그 때문에 그날 오후에 단단히 경을 쳤다.

나그네는 이렇게 방을 차지하는 데 대해서 한 마디의 인사조차 없이 네시가 지나도록 응접실에 남아 있었다. 그 동안 거의 아무 말이 없었다. 짙어 가는 어둠 속에서 난로 옆에 앉아 담배를 피우며—아마 졸고 있는 것 같았다.

호기심 많은 친구가 있어 귀를 기울였더라면 한두 번 석탄을 집는 소리가 나고, 5분간의 간격을 두고 방을

거닐고 있는 소리를 들었을 것이다. 그러자 팔걸이의자
가 삐걱하고 다시 주저앉는 모양이었다.

2 테디 헨프리 씨의 첫인상

꽤 깜깜해진 오후 네시에 홀 부인은 단단히 용기를
내어 안으로 들어가서 나그네한테 차를 가져갈까 물어
보려고 했다. 그때 시계 수선 전문인 테디 헨프리가 바
에 들어섰다.

"실례합니다. 홀 부인, 얇은 장화를 신고선 못 배길
고약한 날씨로군요!" 그가 말했다. 바깥에는 눈이 점점
야단스럽게 내리는 것이었다.

홀 부인은 동의했고, 상대방이 연장이 든 가방을 가
지고 온 것을 발견했다. "여기까지 오셨군요, 테디 씨.
응접실에 걸린 저 몇 년 묵은 괘종시계를 한 번 봐주시
면 감사하겠어요. 별 고장은 없는데 시침(時針)이 여섯
시에 가면 치질 않는군요."

앞장 서서 그녀는 응접실 문까지 가로질러 노크를 한
다음 안으로 들어갔다. 문를 열면서 그녀는 나그네가
난로 앞에 놓인 팔걸이의자에 앉아 붕대를 싸맨 머리를
한쪽으로 기울이고서 졸고 있는 것을 보았다. 실내의
광선이라고는 난로에서 비치는 붉은빛밖에 없었다. 붉
고 어둠침침하고 희미했다. 바에서 램프 불을 켜고 온
그녀인지라 더 한층 어둡게 느껴졌다. 그러나 잠시 동

안 그녀의 눈에 띈 사나이의 입은 대문짝만하게 크게 벌려 있어 얼굴의 아랫부분 전체를 집어삼킬 것 같았다. 희게 싸맨 머리, 귀신 같은 잠자리 안경, 그리고 그 아래 뭣같이 입을 벌리고 있는 모습— 이것이 한 순간의 인상이었다. 그러자 사나이의 몸이 움직이면서 의자에서 일어나 손이 위로 올라갔다. "문를 열까요?" 잠시 망설인 끝에 그녀가 말했다. "이분이 들어가서 시계를 구경해도 좋겠수."

"시계를 구경하다니?" 졸리는 두 눈을 껌뻑이며 그가 말했다. 그러곤 혼자서 중얼거리다가 드디어 완전히 잠이 깨었다. "구경해도 좋고말고!"

홀 부인은 램프를 가지러 나가 버렸고 나그네는 일어서서 기지개를 켰다. 그러자 불이 들어감과 동시에 약간 열어 놓았기 때문에 방안이 전보다 밝아졌고 그 바람에 나그네를 좀더 똑똑히 볼 수 있었다. 스카프를 얼굴까지 끄집어 올리고 있는 모습은 조금 전에 테이블 내프킨으로 싸매었을 때와 마찬가지였다. 일순간 그림자가 자기를 속였다고 그녀는 생각했다.

테디 헨프리 씨가 들어오면서 붕대를 한 사나이와 마주쳤다. 그는 자기 말대로 깜짝 놀라고 말았다.

"안녕하시오." 나그네는—사나이의 검은색 안경에 대한 생생한 인상을 가지고 헨프리 씨가 말하는 바에 의하면— 새우눈처럼 그를 응시하면서 말했다.

"무단침입이 아니기를 빕니다." 헨프리 씨가 말했다.

"조금도 상관없습니다." 이상한 사나이가 말했다.

"물론 내가 알기에는," 그는 홀 부인을 향해서 말을 이었다. "이 방은 나의 전용인 줄만 알고 있었지만."

"나도 그렇게 생각했어요." 홀 부인이 말했다.

"하지만 손님 생각에도 시계를……"

"물론," 이상한 사나이가 말했다. "물론이죠, 하나 아시다시피 나는 아무런 방해를 받지 않고 혼자 있는 것을 좋아합니다."

그는 몸을 돌이켜 난로에 등을 대고서 뒷손을 짚었다. "그리고 시계 수선이 끝나는 대로 차를 마시고 싶어요. 그러나 시계 수선이 끝나기 전에는 안 됩니다."

홀 부인은 방에서 물러서려고 했다―그녀는 헨프리 씨 앞에서 무시당하는 꼴을 보이기가 싫어서 얘기를 끄집어 내지 않았다. 그때 사나이가 브람불허스트 역에 있는 짐을 어떻게 조치했느냐고 물었다. 그녀는 이미 우체부에게 얘기를 해놓았다는 것, 그리고 운반인이 내일이면 싣고 올 것이라고 대답했다.

"그것이 당신은 틀림없이 제일 빠르다고 보나요?"

그가 물었다.

그녀는 누가 보아도 쌀쌀한 태도로 틀림없다고 말했다.

"내가 설명해 드릴 것은," 그가 말을 이었다. "이렇게 정말 춥고 피로한데도 빨리 해야겠다는 것은 내가 실험가이기 때문이오."

"그렇겠죠." 홀 부인은 자못 감동이되어 말했다.

"그리고 내 짐에는 기계와 부속품이 들어 있소."

"퍽 아쉬운 물건들일 거예요." 홀 부인이 말했다.

"그래서 자연히 나는 연구를 시작하지 않고서는 못 견디겠어요."

"물론이죠."

"내가 아이핑으로 온 이유는," 약간 심각한 표정으로 그가 계속해서 말했다. "고독을 원했기 때문입니다. 나의 일 이외에 어떤 사고가……."

"나도 그렇게 생각했어요." 홀 부인은 혼잣말로 중얼거렸다.

"그 때문에 몇 가지 요청이 있소. 내 눈은 가끔 시력이 형편없이 약해지고 고통스러워 몇 시간이고 계속적으로 어둠 속에서 꼼짝할 수 없어요. 때로는 방문을 잠그고 맙니다. 가끔 그런 경우가 있습니다. 이따금씩 물론 지금은 아닙니다. 그런 경우에 조금이라도 방해가 된다면, 가령 알지 못하는 사람이 안으로 들어오는 경우, 그것은 나에게 다시 없는 고통의 원인이 됩니다……. 이 점을 잘 이해해 주기 바랍니다."

"그렇게 하지요." 홀 부인이 말했다. "그런데 솔직하게 묻고 싶은 말은……."

"이상 내 얘기는 끝났소."

나그네는 필요에 따라서 언제든지 취할 수 있는 저 조용한 가운데, 두말도 못하게 하는 불가항력적인 태도로 이렇게 말을 끊어 버렸다. 홀 부인은 그 질문과 동정을 보다 더 적당한 기회로 미루기로 했다.

홀 부인이 방에서 물러간 뒤 사나이는 난로 앞에 서서, 헨프리 씨의 말을 빌리면 시계를 수선하는 곳을 성난 듯이 응시하고 있었다. 헨프리 씨는 램프를 눈앞에다 갖다 놓고 일을 했다. 그래서 새파란 그림자가 두 손과 시계의 프레임과 바퀴 위에 황황한 불빛을 던지고 나머지 부분을 어둡게 했다. 그가 얼굴을 들었을 때 각색의, 조각조각이 동공(瞳孔)에 헤엄치듯 비치는 것이었다. 선천적으로 호기심이 많은 성격인지라 그는 일부러 시간을 끌어서 가능하면 이 수상한 사나이에게 얘기라도 걸어 볼 작정으로 부속품을 마구 풀어 흐트려 놓았다. —그것은 전연 불필요한 일이었다. 그러나 사나이는 일체 아무 말 없이 그냥 가만히 서 있었다. 얼마나 그렇게 가만히 있었는지 그것이 헨프리 씨의 신경을 피로하게 했다. 그는 혼자 방안에 있는 것 같은 착각에서 시선을 사나이에게로 돌렸다. 그러나 거기에는 검고 희미한, 붕대를 싸맨 머리와 굉장히 큰 검은 안경알이 여전히 자기를 향하여 응시하고 있는데 풀색의 안개 같은 점이 그 앞에서 뛰고 있었다. 그것이 얼마나 헨프리 씨에게 어색한 감을 주었던지 잠시 동안 두 사람은 정신없이 서로 상대방을 응시하였다. 드디어 헨프리 쪽에서 시선을 아래로 돌리고 말았다. 퍽 불안한 자세! 그렇게 되면 누구라도 무엇이든 애기를 끄집어냄직했다.

'날씨가 예년에 비해서 춥지 않소.' 이렇게 말해 볼까?

그는 말의 실마리를 잡아 표적을 겨누듯 쳐다보았다. "날씨가……"

그가 입을 열었다.

"왜, 해치우고 나가지 않소?" 꼿꼿이 선 형체가 말했다. 억지로 노여움을 억제하고 있다는 기색이 완연했다. "당신이 할 일은 시침을 심봉(心棒)에다 박아 버리는 것 아니오. 당신은 지금 사람을 놀리고 있소."

"알겠어요. 1분만 더 있으면 다 됩니다." 그러고 나서는 헴프리 씨는 일을 끝내고 밖으로 나가 버렸다.

그러나 나오면서 그의 감정은 여간 불쾌하지 않았다. "망할 놈의!" 헴프리 씨는 눈이 내리는 가운데 마을로 향하면서 중얼거렸다. "사람이 살다 보면 시계 수선도 해야 하는 법이지, 정말……" 그러자 다시, "사람인 이상 너는 왜 못 봐? 못난 자식!" 그러자 또다시 "그렇지 경찰을 피해 다녀도 저렇게 싸고 매고 하지는 않을걸."

글리슨의 집 모퉁이에서 수상한 사나이가 들게 된 역마관 안주인과 결혼한 지 얼마 안 되는 홀과 맞부딪쳤다. 그는 아이핑으로 가는 마차를 달리고 있는 중이었다. 그는 가끔 남의 부탁을 받고 시더브리지 환승역까지 갔다가 다시 되돌아오곤 했다. 마차를 모는 품이 틀림없이 시더브리지에서 잠깐 정거한 모양이었다. "안녕하세요." 그가 지나가면서 말했다.

"자네 집에 괴물이 왔던데 그래!" 테디가 말했다.

홀은 차를 멈추고는, "뭔데?" 하며 정답게 물었다.

"괴짜 손님 하나가 역마관에 와 있다네." 테디가 말했다. "말도 마."

그는 다가서서 홀에게 괴상한 손님 얘기를 이것저것 설명했다. "무슨 가면을 쓴 모양이야, 그렇잖은가? 만약 우리 집에 그런 자가 들어왔다고 하자, 나 같으면 그 정체를 알아내고야 말지." 헨프리가 말했다. "하지만 여자란 그것을 믿거든. 낯선 사람일수록. 그자는 자네 방을 점령했네, 성명조차 대지 않고, 이 사람아."

"그런 말은 못할 걸세." 홀은 본래 낙천가인지라 이렇게 말했다.

"왜 못해." 테디가 말했다. "1주일만 두고봐, 어떤 자식인지는 모르지만 1주일 이내에 내쫓기는 어려울걸. 게다가 내일부터 어머어마한 짐이 들어온다는 거야. 짐에 돌이 들어 있지나 않으면 다행일 거야, 이 사람아."

그는 헤스팅즈에 사는 아주머니가 어떻게 해서 빈 여행가방을 가진 낯선 사람에게 사기를 당했는가 얘기했다. 그는 홀로 하여금 다소 의심을 갖게 하는 정도로 얘기를 끝냈다.

"일어서, 요놈의 암말." 홀이 말했다. "내가 한번 알아봐야지."

걸어가는 사이에 테디의 불쾌감은 다소 수그러들었다.

'알아봐야겠다'는 대신에 홀이 집으로 돌아오자 아내

로부터 시더브리지에서 허비한 시간을 가지고 단단히 욕을 얻어먹었다. 자기가 조심스럽게 묻는 말에 대해서는 방정맞게 대꾸를 하고선 문제도 되지 않는다는 투였다. 테디가 심어 놓은 의심의 씨는 이렇게 일소(一笑)를 당했음에도 불구하고 여전히 의심이 홀의 마음 한구석에 도사리고 있었다. "여자가 뭘 안다구." 가급적 빨리 이 기회에 손님의 정체를 확인하고 싶어서 홀이 말했다.

나그네가 잠자리로 돌아간 뒤, 이미 아홉시 반 경이었지만, 어떤 놈인데 하는 얼굴로 홀은 응접실에 들어가서 그 사나이가 이 방의 주인공이 아니라는 사실을 보여 주기 위해서라도 아내의 가구를 성난 눈초리로 응시하곤 하는 것이었다. 그리고 이상한 사나이가 두고 간 한 장의 수학 계산표를 약간 멸시하는 듯 들여다보았다. 잠자리로 돌아갈 때에 그는 아내를 향하여 내일 나그네의 짐이 도착하거든 단단히 주의해서 살펴보라고 일렀다.

"당신 일이나 돌보세요, 여보." 홀 부인이 말했다. "어쨌든 내일은 내가 보죠."

그녀는 홀에게 단단히 대들고 싶었다. 왜냐하면 이 나그네야말로 지극히 특수한 미지의 인물임에 틀림없을 뿐만 아니라, 사실 그 정체에 대해서 확실한 자신이 없었기 때문이다. 한밤중에 꼭 무같이 생긴 엄청나게 크고 흰 머리가 밑도끝도없는 목에서 뻗어나와 접시 같은 까만 눈을 부릅뜨고 자기를 뒤따라오는 바람에 꿈이 깨어 일어났다. 그러나 깜찍한 여자였기 때문에 무서움을 가라앉히고 몸을 돌이킨 다음 다시 잠이 들었다.

3 천일병(千一瓶)

해동하기 시작한 2월 9일에 앞에서 얘기한 이상한 사나이는 무한(無限)의 세계에서 이곳 아이핑 촌으로 떨어지고 말았다. 이튿날 사나이의 짐이, 녹은 물을 튀기면서 도착했다. 그리고 그것은 여간 괴상한 짐이 아니었다. 거기에는 누구든지 지닐 수 있는 트렁크가 두 개 있었으나, 그러나 그 외에 책 상자가 하나— 큼직하고 두툼한 책 가운데는 알아볼 수 없는 여러 종류의 책도 있었다— 그리고 10여 개의 나무상자, 짚에 싸인 물건이 들어 있는 통……. 홀이 본 바에 의하면 유리병이 짚에 싸인 채 호기심을 끌었다. 모자와 외투, 장갑, 게다가 보자기로 싸맨 나그네는 피어렌사이드네 집 마차를 맞이하기 위하여 초조하게 바깥으로 나왔다. 그러는 사이에 홀은 짐을 들여놓을 때면 으레껏 있을 수 있는 몇 마디 예비적인 얘기를 주고받고 하는 것이었다. 사나이가 밖으로 나왔다. 그러나 피어렌사이드네 집 개가 무엇을 눈치챘는지 홀의 두 다리에 코를 갖다 대고서 냄새를 맡고 있는 것은 보지 못했던 모양이었다.

"상자를 나르시오." 그가 말했다. "여간 오래 기다리지 않았어."

그러곤 계단을 내려서 작은 나무상자에 손을 대려는 것처럼 마차 끝 쪽으로 걸어갔다.

그런데 피어렌사이드네 개가 사나이를 보자마자 도사리면서 죽어라고 짖기 시작했다. 그러곤 사나이가 계단을 뛰어내리자 개는 무작정하고 한번 풀쩍 뛰고 나서 손을 향하여 정통으로 덤벼들었다. "이놈!" 홀은 소리지르면서도 개에 대해선 자신이 없어서 물러섰다. 그러자 피어렌사이드가 "앉아!" 하고 고함치면서 매를 잡았다.

개의 이빨이 나그네의 손을 물고, 발길로 차는 소리가 났다. 옆으로 덤벼든 개는 사나이의 다리를 보기좋게 물어뜯어 바지가 찢어지는 소리가 났다. 그때 피어렌사이드의 매가 개의 몸뚱이를 단단히 후려갈겼다. 개는 어쩔 줄 몰라서 깽깽거리며 마차바퀴로 기어들어가고 말았다. 그것은 불과 30초 사이의 일이었다. 모두들 말은 못하고 소리만 질렀다. 이상한 사나이는 찢어진 장갑과 다리를 얼른 훑어보고 나서 다리 쪽으로 몸을 구부리는 척하더니 방향을 돌려 계단을 뛰어올라 자기 방으로 들어갔다. 모두들 사나이가 미친 듯이 통로를 빠져 양탄자도 깔려 있지 않은 계단으로 해서 침실로 올라가는 소리를 들었다.

"사람 죽일 놈 이놈!" 피어렌사이드는 매를 손에 들고 마차에 기어올라가면서 소리쳤다. 그 동안 개는 바퀴 밑에서 주인을 쳐다보고 있었다.

"이리 와!" 피어렌사이드가 말했다. "그런 법이."

홀은 입을 벌린 채 서 있었다. "손님이 물렸어." 홀이 말했다. "들어가 봐야겠군." 그러곤 사나이 뒤를 쫓아 따라갔다. 입구에서 그는 아내를 만났다. "차부의 개라오." 그가 말했다. "손님을 문 것은."

그는 그 길로 2층에 올라가서 나그네의 방문이 반 쯤 열려 있었기에, 본래 인정이 많은 사람인지라 아무런 인사도 없이 문을 밀고 안으로 들어갔다.

발을 쳐놓은 실내는 어두웠다. 그는 가장 괴상한 물건을 목격했다. 흡사 손 없는 팔 같은 것이 그를 향해서 손짓을 하고, 시든 팬지 꽃같이 세 군데의 큼직하고 희미한 흰 반점만 보이는 얼굴을. 그러자 그는 모질게 가슴팍을 얻어맞고 뒤로 나자빠지면서 문이 쾅 하는 소리와 함께 닫혀지고 안에서 잠그는 소리를 들었다. 그것이 너무나 빨랐기 때문에 일일이 관찰할 시간이 없었다. 분간할 수 없는 형상이 손짓을 하더니 주먹이 날아오고, 탕! 하는 소리가 났다는 것뿐이었다. 어두운 좁은 계단 입구에 서서 이때까지 목격한 것이 도대체 무엇을 의미하는 것인지 그는 곰곰이 생각해 보았다.

1,2분 뒤에 그는 역마관 바깥에 모여든 몇 사람의 모임에 다시 끼었다. 피어렌사이드는 두번째 그 얘기를 되풀이하고 있는 중이었다. "당신네 개가 우리 집 손님을 물어야 할 이유가 어디 있소." 이것은 홀 부인의 말

이다. 길 건너 잡화상 가게의 헉스터는 질문이 많았고 강나루에서 온 샌디외저스는 판결을 내리는 편이었다. 그 외에도 여자, 어린이 할 것 없이 모두들 우스꽝스러운 소리만 하고 있었다. "그런 개를 가져도 좋다는 권리는 없거든."이라든가 "그러면 왜 개가 사람을 물었어." 등이었다.

계단에서 아래를 내려다보고 귀를 기울이는 홀 씨는 2층에서 일어난 일이 자기 눈에는 너무나 기이하고도 도무지 믿어지질 않았다. 그의 말로써는 도저히 그 상황을 충분히 전달할 수 없었다.

"그이는 남의 힘을 빌리고 싶지 않은가 봐." 아내가 묻는 말에 그가 대답했다. "우선 짐을 안으로 들여놓기로 합시다."

"당장에 짐을 검사해야지." 헉스터 씨가 말했다. "특히 그것이 모두 가연성일 경우에는."

"나 같으면 그렇게 하겠어, 당연히 그래야지." 청중 중 한 부인이 말했다.

갑자기 개가 다시 짖어댔다.

"빨리!" 성난 소리가 입구 쪽에서 들려왔다. 그러자 그 스카프를 한 사나이가 칼라를 추켜올리고 모자 챙을 잡아당긴 채 그곳에 서 있었다. "이 짐을 빨리 들여놓을수록 내게는 좋단 말이야." 군중의 눈은 사나이의 바지와 장갑이 다른 것으로 바뀌었음을 보았다.

"다쳤어요?" 피어렌사이드가 물었다. "개가 일을 저질러서……."

"조금도" 나그네가 말했다. "살을 다치지는 않았소. 빨리 짐을 운반하시오."

그리고 사나이는 혼자서 욕을 했다. 이건 홀 씨의 증언이다.

첫째 나무상자가 곧 그의 지시대로 응접실로 운반되었다. 나그네는 기다렸다는 듯이 그 위에 몸을 구부려 홀 부인의 양탄자를 전혀 무시하고 마구 짚을 흐트러뜨리며 병을 끄집어내기 시작했다. 가루가 들어 있는 작고 볼록한 병, 염색한 흰 액체가 들어 있는 작고 길쭉한 병, 독약이란 딱지가 붙은 구부러진 하늘색 병, 배가 둥글고 목이 긴 병, 커다란 푸른색 유리병, 커다란 흰 유리병, 유리마개의 딱지가 희미해진 병들, 짚이 좋은 코르크로 막은 병, 술병 마개를 한 병, 나무로 된 카프를 단 병, 술병, 샐러드 기름병—이런 것들을 술장에 줄을 지어 놓기도 하고 농과 창에 가까운 테이블 위, 책장—그리고 어디든지 늘어놓았다. 브람불허스트의 화학기구상(化學器具商)도 여기에 비하면 반도 따르지 못할 것이다. 그것은 볼 만한 광경이었다. 나무상자마다 병이 들었고 여섯 상자째가 빌 무렵에는 테이블 위에 짚이 산더미처럼 쌓여졌다. 병 이외에도 무수한 시험관과 단단히 포장한 저울이 들어 있었다.

나무상자를 풀자마자 나그네는 창 있는 데로 가서 일을 시작했다. 짚이 흐트러지든 말든, 난로의 불이 꺼지

든 말든, 밖에 있는 책 상자는 물론 2층까지 실어다 놓은 트렁크와 그 외의 짐에 대해서는 일체 관심 밖이었다.

홀 부인이 식사를 들고 들어갔을 때에는 이미 그는 병에서 시험관으로 약을 옮기는 중이었는데 어떻게나 열중했던지 그녀가 짚무더기를 실어내고 방바닥이 이 모양이 된 데 대해서 약간 화가 나서 쟁반을 테이블 위에 탕 하고 놓았을 때까지 아무 소리도 듣지 못했던 모양이었다. 그러나 그는 반쯤 머리를 들더니 다시 못 본 체했다. 그러나 그녀는 사나이가 안경을 벗고 있는 것을 보았다. 그녀의 눈에 비친 사나이의 눈은 유별나게 텅 비어 있었다. 사나이는 다시 안경을 끼고 나서 몸을 돌이켜 그녀에게로 얼굴을 향했다. 그때 이 집 안주인은 방바닥에 어질러진 짚을 가지고 불평을 끄집어내려는 중이었다.

"노크 없이 들어오지 않았으면 좋겠소." 독특한 절망에 가까운 목소리로 사나이가 말했다.

"노크는 했어요. 그렇지만……."

"했을는지 모르죠. 그러나 나의 연구—나의 정말 급하고도 요긴한 연구를 하는데 조금이라도 방해를 놓으면, 가령 문이 약간 열리는 정도라도……. 꼭 부탁해야겠소만……."

"물론입니다. 그러시다면 자물쇠로 잠가 두셔도 좋아요, 언제든지."

"퍽 좋은 생각이로군." 사나이가 말했다.

"이 짚 말예요. 솔직히 말씀드린다면……."

"그만두시오. 짚이 문제라면 그만큼 배상해 주면 되지 않소." 그러곤 뭐라고 그녀에게 입속말로 중얼거렸다—그것은 어쩐지 욕설만 같았다.

사나이가 어찌나 괴팍스럽게 멸시하는 눈초리로 화를 내면서 한 손에 병을 들고 한 손에 시험관을 들고 서 있었기 때문에 홀 부인은 정말 오싹했다. 그러나 그녀는 담이 센 여자였다. "그러시다면 말씀해 주시죠. 요량대로……."

"한 실링. 한 실링이라고 적어 두시오. 한 실링이면 충분하겠지?"

"그렇게 합시다." 홀 부인은 테이블 크로스를 들고서 식탁 위에 펴기 시작했다.

"좋으시다면, 물론……."

사나이는 몸을 돌이켜 웃옷 칼라를 그녀 쪽으로 끌어당기며 앉았다.

저녁때까지 그는 문을 잠그고 일을 했다. 그리고 홀 부인이 증언한 바에 의하면 거의 말이 없었다 한다. 그러나 한번은 테이블에 무엇이 부딪히고 유리 그릇을 맹렬히 집어던지는 듯한 소리와 함께 병이 마주치는 소리가 났다. 그러자 재빠르게 가까스로 방안을 걷는 발자국 소리가 들려왔다. 무슨 일이 생겼나 보다 걱정하며 그녀는 문 있는 데로 가서 노크할 생각은 그만두고 귀를 기울였다.

"실패야," 그는 울부짖었다. "실패하고 말았어! 30만에 40만! 굉장한 곱하기로군! 속았어! 한평생을 잡아먹을 작정이로군. 참자! 정말이야! 바보! 바보!"

바 굴둑 바닥에 구두못 소리가 났다. 홀 부인은 사나이의 독백을 끝까지 듣지 못하는 것을 섭섭해 하면서자리를 떠났다. 다시 방으로 돌아오자 의자에 끼이끼이하는 나지막한 소리와 가끔 병이 부딪히는 이외에는 아무 소리도 들리지 않았다. 모든 것이 지났다. 사나이는실험을 계속하였다.

안주인이 차를 들고 들어갔을 때 오목한 경대 밑, 방구석에 유리가 깨어진 것과 아무렇게나 닦은 금빛 자국이 눈에 띄었다. 그녀는 저것 좀 보라고 말했다.

"계산서에 적어 두시오." 나그네가 대꾸했다. "제발내 걱정은 마시오! 손해를 끼치면 계산서에 적어 두시오." 그러곤 앞에 놓인 책의 목록을 하나씩 조사하였다.

"또 한 가지 말해 둘 것이 있소." 피어렌사이드는 의미심장하게 말했다. 때는 늦은 오후였고 그들은 아이핑행거의 작은 맥주집에 모여 있었다.

"뭔데?" 테디 헨프리가 말했다.

"우리집 개한테 물린, 지금 얘기한 그자 말야, 글쎄그자는 검둥이란 말이야, 두 다리도 마찬가지지. 바지와 장갑이 찢어진 구멍으로 보여야 할 게 아니냐구. 누

구든지 약간 붉그레한 살결이 보여야 할 것 아냐? 그런
데 그녀석은 내 모자처럼 새까맣단 말이야.”

“그럴 수가!” 헨프리가 말했다. “여하튼 전부가 수상
한 일투성이야, 왜냐고? 그자의 코는 페인트 칠한 것처
럼 새빨갛지 않은가!”

“사실이야.” 피어렌사이드가 말했다. “나도 그것쯤 알고
있어. 그래서 연구중이란 말이야. 그 사나이는 얼룩말이
거든, 이 사람, 여기저기 검고 희단 말이야. 그것도 떼어
붙인 것 같거든. 그리고 그녀석이 그 때문에 얼굴을 못 드
는 모양이야. 일종의 잡종이랄까. 색깔이 섞이지 않고 떼
어붙인 것 같애. 전에도 이런 얘기를 들어본 일이 있었어.
하지만 그것은 천하가 알다시피 말에만 흔히 있을 수 있
는 일이야.”

4 카스 씨 수상한 사나이를 만나다

이 수상한 사나이가 어떻게 해서 아이핑에 도착했는
가에 대해서는, 그가 보여 준 기묘한 인상을 독자에게
알리기 위하여 어느 정도 상세하게 애기했다. 그러나
그 중, 두 가지 기묘한 사건을 제외하고 이자가 저 괴상
한 동리의 구락부 잔칫날까지 유숙한 전말에 대해서는
퍽 괴이쩍다는 정도로 넘어가기로 한다. 물론 집안일에
관해서 홀 부인과 수없이 실랑이가 벌어졌다. 그러다가
비로소 돈이 떨어진 징조가 나타나기 시작한 4월 하순

경까지는 임시 지출이라는 간단한 구실 아래 안주인을
꼼짝 못하게 했다. 홀은 그를 좋아하지 않았다. 그래서
호시탐탐 사나이를 쫓아낼 기회를 노리고 있었다. 그러
나 그는 자기의 감정을 이것 보라는 듯이 감추려는 데
서 표시하였다. 그리고 나그네를 될 수 있는 한 피하기
로 했다.

"여름이 올 때까지 기다려 보자."

홀 부인은 예언자처럼 말했다. "그때 보기로 하지. 그
분이 다소 위압적이긴 하지만 돈을 틀림없이 치를 테니.
딴 것 아니거든요, 남이야 뭐라든!"

나그네는 교회에 나가지 않았다. 게다가 입는 옷조차
일요일과 보통날과 별 다름이 없었다. 홀 부인이 느낀
그대로 그는 여간 기분에 따라 일을 하는 편이 아니었
다. 며칠을 일찌감치 일어나 계속해서 바쁘다가도, 어
떤 때는 늦게 일어나 방을 왔다갔다 몇 시간이고 밖에
서도 들릴 정도로 화를 내면서 담배를 피우거나, 난로
옆 팔걸이의자에 기대어 자는 것이었다. 이 마을 바깥
세계로부터 오는 서신은 일체 없었다. 그의 성미는 언
제나 변화가 심했다. 대체로 그의 거동에는 일종 견딜
수 없는 자극 때문에 고민하는 사나이와 같았고, 한두
번 어쩌다가 발악이 나면 물건이 던져지고 찢어지며 터
지고 부서지곤 하는 것이었다. 낮은 음성으로 혼잣말로
중얼거리는 습관은 점점 늘어갔으나 홀부인이 아무리
주의해서 들어도 도무지 무슨 소린지 알아낼 도리가 없

었다.

낮에 외출하는 경우는 거의 없었다. 그러나 저녁놀이 스며들 무렵이면 날씨야 춥든말든 야단스럽게 스카프를 하고서 나오는 것이었다. 그리고 가장 인적이 없는 산길이나 수목과 언덕이 어제보다 어둡게 그늘을 던진 그러한 장소를 택했다. 높다란 모자 밑에 내다보이는 저 튀어나온 잠자리눈 안경과 붕대로 싸맨 얼굴이 집으로 돌아가는 일꾼들의 눈앞에 어둠 속에서부터 불쑥 나타나기도 했다.

그리고 어느 날 밤 아홉시 반에 분홍저고리 장에서 한 잔 먹고 나오는 테디 헨프리가 이 수상한 사나이의 해골 같은 머리(그는 모자를 손에 들고 걷고 있었다)가 술집 문틈에서 흘러나온 난데없는 불빛에 환히 드러나, 그 때문에 대단히 혼이 나고 말았다는 것이다. 밤중에 이 사나이를 만난 어린이들은 꿈에 도깨비를 보았다. 그래서 어느 편이 상대방을 더 싫어했는지는 몰라도 하여튼 서로가 싫어한다는 것만은 틀림없는 사실일 거다.

이처럼 기묘한 외모와 거동을 지닌 사나이가 아이핑과 같은 동리에서 종종 화젯거리가 된다는 것은 피할 수 없는 일이다. 일반의 의견은 이자의 직업을 가지고 적잖이 갈라졌다. 홀 부인은 이 점에 대해서 신경을 쓰지 않을 수 없었다. 누가 물어도 그녀는 함정에 빠질까 두려워하는 사람같이 한마디 한마디를 조심해 가며 우리집 손님은 발명가라고 설명하는 것이었다. 무엇을 연구하는 발명가냐고 물으면 그녀는 유식한 시늉을 해보이면서 가장 학식 있는 분이라야 무엇인가를 알 수 있으며, 그래야만 무엇을 발명했는가를 설명할 수 있다고 말하는 것이었다. 우리집 손님은 사고를 당했기 때문에 일시적으로 얼굴과 손이 변색한 것이며, 예민한 성격이라는 데서 일반의 오해를 사게 된 거라고 그녀는 얘기했다.

안주인의 증언 이외에 널리 믿어지고 있는 견해는 이자가 무서운 범인이며, 경찰의 눈을 속이기 위해서 이렇게 몸을 싸매고 법을 피하려는 것이 아닌가 하는 것이었다. 이 견해는 테디 헨프리의 머리에서 나온 것이다. 2월 중순이 아니면 하순부터 일어난 그럴싸한 범죄 사건은 그런고로 일어날 수 없는 것으로 알려졌다. 소년원 조수인 골드 씨가 그의 머리를 짜내어 생각해 낸 이 학설은, 이 수상한 사나이는 가면을 쓴 무정부주의자로서 폭발물을 만들고 있는 중이며, 시간이 허락하는 대로 성능을 테스트하고 있는 중이라고 말하였다. 이 모든 것은 대부분 만날 때마다 사나이를 유심히 관찰한다거나 그렇지 않으면 한 번도 이 사나이를 구경한 일이 없으면서 질문을 던지는 부류로부터 얻어들은 정도다. 그러나 그는 아무것도 알아낼 수 없었다.

또 한 계통의 견해는 피어렌사이드에서 나온 것이다. 그것은 얼룩말의 이론이 아니면 그것을 다소 수정한 것이었다. 가령 일례를 들면, 사일러스 더간 같은 사람은

'시장터로 나가서 구경거리가 되었더라면 불시에 큰 부자가 되었을 텐데.'라고 말했다고 전하는데, 그것은 그가 다소의 이론가였기 때문에 이자를 그런 데에 비교한 것이다. 그러면서 또 하나의 견해가 있어 그가 이 문제를 전체적으로 설명한 것으로 볼 수 있었다. 그것은 이 수상한 사나이를 무해무득(無害無得)한 미치광이로 보자는 것이었다. 이것이야말로 모든 것을 간단하게 설명해 버리는 장점이었다. 이상의 몇몇 견해 사이에 몇몇 부동층(浮動層)과 절충파가 끼어들었다. 서섹스 지방 사람들은 원래 미신을 거부한다. 그래서 사월 초에 일어난 몇 가지 사건을 겪고 나서야 비로소 초자연에 관한 얘기가 마을 사람들의 입에서 퍼져나왔던 것이다. 그것도 주로 부녀자 사이에서 볼 수 있었다.

그러나 그자를 생각할 때마다 아이핑 촌 사람들은 전체적으로 이 사나이를 싫어한다는 데 일치되었다. 사나이의 신경질은 도시의 정신 노동자에겐 이해될 수 있지만 이곳 단조로운 서섹스의 농촌 사람에게는 기묘한 일이었다. 그들은 이따금씩 놀라게 하는 미친 듯한 울부짖음, 마을 사람들의 잔잔한 마음속을 소란케 하는 한밤중의 야단스러운 발자국 소리, 가끔 호기심에서 물어볼 때에 하는 저 비인간적인 위협적 반응, 문을 닫아걸고, 발을 잡아당기고, 초나 램프 불을 꺼버리곤 하는 황혼의 어둠의 취미─누가 이런 것들을 찬성할 수 있단 말인가? 사나이가 마을로 산보하러 내려갈 때면 그들은 옆으로 몸을 비키고, 그가 지나가고 나면 젊은 유머러스트들이 사나이의 도깨비 같은 모습을 모방하여 코트의 칼라를 세우고 모자챙을 잡아당겨 불안한 걸음걸이로 흉내를 내는 것이었다. 그때 도깨비 친구라는 제목의 유행가가 떠돌고 있었다. 새첼 부인이 교회 램프 불의 효과를 빌려 이 노래를 부른 뒤로 마을 사람들이 한둘쯤 모여 있는데 이 사나이가 지나가면 가락이야 어떻든 한두 소절을 휘파람으로 불러대는 것이었다. 그러자 어린아이들까지도 덩달아, "도깨비 친구!" 하면서 떨리는 고음으로 법석대는 것이었다.

만능 의사인 카스는 호기심에 어쩔 줄 몰랐다. 사나이의 붕대가 그의 직업적 호기심을 자극했다. 천일병(千一瓶)의 소문이 그의 질투심을 자아냈다. 4월과 5월을 그는 줄창 사나이와 얘기할 기회만 노렸다. 드디어 여름철이 가까워 오자 그는 이 이상 참을 수 없어, 때마침 마을 간호사의 처방부(處方簿)를 구실삼아 기회를 잡았다. 그가 놀란 것은 홀 부인이 자기 집 손님의 이름조차 모르고 있다는 것을 알아차렸을 때다. "그분이 성명을 대긴 했어요." 홀 부인은 전연 근거 없는 말을 했다. "하지만 내가 똑똑하게 듣지 못했어요." 그녀까지 사나이의 이름을 모르다니 정말 바보가 아닌가 생각했다.

카스는 응접실 문을 두드리고 나서 안으로 들어갔다. 실내에서는 제법 똑똑한 말소리가 들려왔다.

"이렇게 들어와서 실례합니다." 카스가 말했다. 그러고 나서 문을 닫으며 나머지 대화를 홀 부인이 못 듣게 했다.

그녀는 그 뒤 10분 동안 중얼거리는 말소리를 들었다. 그러자 놀란 고함소리가 나고 시끄러운 발자국 소리와 함께 의자가 가까스로 던져지고 한바탕 깔깔대는 소리와 함께 문을 향하여 발자국 소리가 바쁜 듯이 들려오더니 카스가 나타났다. 그는 창백해진 얼굴로 어깨 너머로 두 눈을 부릅뜨고 뒤돌아보았다.

그는 문이 열려진 채 그곳을 떠나, 안주인을 돌아보지도 않고 홀을 지났다. 그리고 홀 부인의 뒤로, 계단을 내려 바쁜 듯이 한길 쪽으로 달려가는 소리가 들려왔다. 그는 손에 모자를 들고 있었다. 그녀는 바 뒤에 서서 열려진 응접실 안을 들여다보았다. 그러자 사나이의 조용히 비웃는 소리가 들리고, 그의 발자국 소리가 방을 가로질러 가까워 오는 것이었다. 그녀는 자기가 선 위치에서 사나이의 얼굴을 바라볼 수 없었다. 응접실 문이 소리를 내며 닫혀지고 주위가 다시 조용해졌다.

카스는 마을 쪽으로 달려가서 번팅 목사한테로 갔다.

"내가 미쳤나?" 초라한 서재에 들어가면서 카스는 난데없이 말했다. "내가 미친 사람같이 보이나요?"

"무슨 일이 있었소?" 암몬조개를 다음에 설교할 책장 사이에 꽂고 나서 목사가 말했다.

"여관에 있는 그 녀석이……."

"그래서?"

"마실 것이 있으면 좀." 카스가 말했다. 그러곤 주저 앉았다.

한 잔의 값싼 세리주로 정신을 가다듬고 나서 그는 지금 막 자기가 당한 광경을 목사에게 애기했다.

"들어갔지." 그는 숨을 헐떡거린다. "그래서 저 간호 사에게로 갈 처방명부를 내라고 말을 꺼냈지요. 내가 들어갈 때 그 녀석은 포켓에 두 손을 집어넣은 채 의자 에 몸을 던지는 것이었어요. 그리고 재채기를 하더군 요. 당신이 과학 방면에 취미가 많다는 애기를 들었노 라고 말했죠. '그렇소.' 그가 대답했어요. 또 재채기를 했어요, 그러곤 계속 재채기를 했어요. 아마 요즘 유행 하는 독감에 걸린 거죠. 물론 언제나와 같이 싸매고 있 었어요. 나는 간호사의 꾀대로 애기를 걸었죠. 그러는 동안 나는 두 눈을 부릅뜨고 있었죠. 병—화학약품— 여기저기에 저울, 시험관, 스탠드 그리고 냄새가—피리 무라 꽃의 밤향기 같은. 가입하겠느냐고 물었더니 생각 해 보겠다는 대답이었죠. '무엇을 연구하고 있소?' 하고 솔직하게 물었더니, 그저 그렇다는 대꾸였어요. '오래 걸리겠소?' 했더니 화를 벌컥 내면서 지겹게도 긴 실험 이라고 코르크를 물어 떼는 시늉을 하면서 대답하는 것 이었소. '그래요?' 나는 말했지요. 그러자 욕설이 터져 나왔죠. 사나이는 등에 불이 붙은 것처럼 화만 내고 있 었어요. 나의 질문이 사나이를 더 한층 못 살게 했던가

봐요. 사나이는 처방을 주었어요. 세상에 둘도 없는 귀중한 처방이었어요. 무엇에 쓰는지 그는 말하지 않았어요. 약이라구요? '천만에! 당신은 무엇을 노리고 있소?' 나는 사과했죠. 점찮게 재채기와 기침을 하고 나서 그는 다시 안정했어요. 그러곤 그것을 읽었어요. 다섯 가지 성분이었죠. 적어 두구려. 그는 머리를 돌렸어요. 창 밖에서 일진광풍이 불어와서 종이를 흐트러뜨렸죠. 종이가 날리는 소리. 난로문이 열린 방안에서 일을 하고 있소, 사나이가 말했어요. 불꽃이 보이지 않습니까? 바로 그 처방이 타올라 굴뚝 구멍으로 올라가는 판이죠. 굴뚝 구멍을 타고 올라가는데, 그리로 뛰어갔죠. 그렇다! 바로 그 순간에, 그녀석의 얘기를 하자면, 사나이의 팔이 다가왔어요."

"그래서?"

"손이 없어요. 다만 텅빈 소매자락뿐이었죠. 하느님이시여! 내 생각에 그것은 일종의 병신이었어요! 코르크에 팔이 있어 떼어졌어, 나는 생각해 봤죠. 아무래도 괴이쩍어, 나는 보았죠. 그 속에 정말 아무것도 없는데 어째서 소매란 놈이 제 혼자 올라갔다 코르크를 뗏다 할 수 있는 건가, 그 속에는 사실 아무것도 없었어요. 목사님, 팔목 있는 데까지 아무것도 없었더라니까, 내 눈으로 그녀석의 팔꿈치 있는 데까지 들여다봤지만 옷이 찢어진 사이로 한 줄기 광선만이 희미하게 비치고 있었을 뿐이었어요! '사람 살리세요!' 나는 외쳤죠. 그러자 그 녀석이 가만히 있었어요. 저, 텅빈 잠자리눈 안경 너머로 나를 응시하고, 다음에 자기의 소매를 들여다보았어요."

"그래서?"

"그뿐이죠. 그녀석은 눈을 흘겨 소매를 재빨리 포켓에 집어넣으면서 전혀 말이 없었어요. '내가 한 말은 처방이 저기서 타고 있다는 것이었소, 그렇죠?' 그가 말했죠. '세상에 어쩌면 빈 소매를 그렇게 잘 움직일 수 있소?' 내가 물었죠. '빈 소매를?' '그래요' 나는 말했어요. '빈 소매 말이오.'

'그것이 빈 소매가 아니고 뭐요? 그대가 반 소매를 봤군?' 사나이는 당장에 일어섰죠. 나도 일어섰어요. 그는 천천히 세 번 나를 향해서 발걸음을 옮겼죠. 그리고 바로 내 앞에 섰어요. 죽어라고 재채기가 나왔죠. 나는 눈썹 하나 까딱하지 않았었어요. 물론 저 붕대 머리라든가 눈가림의 괴물이 말없이 앞에 다가서면 기절하지 않을 사람이 없다는 것을 잘 알고 있지만 '당신이 빈 소매라고 말했지요?' 사나이가 물었어요. '물론.' 내가 대답했죠. 말없이 맨 얼굴에 안경조차 끼지 않은 나를 응시하면서 되풀이하는 것이었어요. 그러더니 매우 조용히 그는 다시 포켓에서 소매를 끄집어내어 한 번 더 나에게 보여 주는 듯 내 눈앞에다가 팔을 들었어요. 사나이는 그것을 굉장히 천천히 해보이더군요. 나는 그것을 구경했어요. '그래?' 나는 잔기침을 하고 나서 말했죠.

'그 속에는 아무것도 없군.' 무슨 말이라도 했어야 할 텐데, 나는 점점 무서워졌어요. 눈 아래 바로 그것을 볼 수 있었으니까. 사나이는 그것을 내 앞에다 천천히, 아주 천천히—바로 그것처럼—카프스가 내 얼굴에서 6인치 거리로 내밀었어요. 빈 소매가 그렇게 다가오는 것을 구경하는 이 기묘한 순간! 그러자 바로 그때!"

"그래서?"

"무엇이—꼭 엄지손가락 같은 것이—내 코를 잡아 당겼어요."

번팅이 웃어대기 시작했다.

"거기엔 아무것도 없었어요!" 카스가 말했다. 그의 소리가 높아지면서 '거기'라는 데까지 오자 외마디 비명으로 변했다.

"목사님으로선 웃으시기도 하겠죠. 하지만 사실 나는 어떻게나 놀랐는지요. 그녀석의 소매단추를 후려갈기고 뒤로 돌아 밖으로 튀어나왔답니다. 그녀석을 그냥 둔 채……"

카스는 말을 멈추었다. 그가 매우 놀랐다는 것만은 의심할 여지가 없었다. 그는 절망적으로 몸을 돌이켜 목사님댁의 지독하게 값싼 세리주를 두 잔째 들이켰다.

"내가 녀석의 소매단추를 쳤을 때 꼭 사람의 팔을 후려갈기는 것 같았어요." 카스가 말했다. "그런데 팔이라고는 없었어요! 팔이라고는 귀신도 없었어요!"

번팅 씨는 곰곰이 생각했다. 그는 수상한 눈초리로

카스를 보았다. 그는 정말 심각해졌다.

"정말 이건 세상에도 보기 드문 애기로군." 번팅 씨는 법관 같은 말투로 말했다.

5 교구(教區) 내의 강도사건

교구 내의 강도사건의 전말은 주로 목사와 그 부인을 통해서 알려졌다. 그것은 어느 월요일 한밤중에 일어났다. 이날은 아이핑에서 구락부의 잔칫날로 정해져 있었다. 새벽 직전의 고요함 가운데 갑자기 잠이 깬 번팅 부인은 틀림없이 문이 열렸다가 닫혔다는 기억이었다. 처음부터 부인은 남편을 깨우지 않고 일어나 앉아 귀만 기울이고 있었다. 부스럭거리는 맨발자국 소리가 옆 의상실을 나와서 계단으로 통하는 통로를 지나고 있다는 것이 똑똑히 들렸다. 이제는 틀림없다고 깨닫자 그녀는 목사를 일으켰다. 번팅 씨도 여간 침착한 편이 아니었다. 성냥불을 켜고 안경을 낀 그는 가운과 욕실용 슬리퍼를 신고서 계단 입구까지 나와서 귀를 기울였다. 아래층 서재에서 무엇인가 찾고 있는 소리와 함께 맹렬한 재채기 소리가 똑똑하게 들려왔다.

그 소리를 듣고 나서 그는 침대로 돌아와 가장 근사한 무기가 됨직한 난로 부지깽이를 들고서 될 수 있는 대로 조용히 아래로 내려갔다. 번팅 부인도 계단 입구까지 따라나섰다.

시간은 네시경이었고 밤의 짙은 어둠이 약간 가셔지기 시작했다. 홀에는 희미한 광선이 움직이고 있었으나 서재의 문 근처는 여전히 새까만 어둠이 아궁이를 벌리고 있었다. 번팅 씨가 지나가는 계단의 들릴까말까한 삐걱거리는 소리와 서재에서 들려오는 희미한 인적, 그 이외에는 모든 것이 조용했다.

그러자 서랍이 열리면서 종이가 부시럭거리는 소리가 났다. 그리고 나서 저주하는 말이 들려오고 성냥을 켜는 소리와 함께 노랑 불빛이 서재를 환히 비쳤다. 그때 번팅 씨는 홀까지 내려와 있었고, 문틈으로 책상과 열어젖힌 서랍, 그리고 책상 위에서 타고 있는 한 자루의 초를 볼 수 있었다. 그러나 도둑만은 구경할 수 없었다. 홀에서 그는 어떻게 해야 좋을는지 모르고 그냥 서 있었다. 그러는 사이에 번팅 부인이 긴장해서 창백해진 얼굴로 천천히 남편 뒤를 밟아 아래층으로 내려왔다. 번팅 씨에게 한 가지 용기를 갖게 한 점이 있었다. 그것은 강도가 반드시 마을 사람일 거라는 추측이었다.

부부의 귀에 쨍그렁하는 돈 소리가 들려오자 도둑이 비축해 놓은 금화(金貨)를 찾아 냈다는 것을 깨달았다. 이 소리에 번팅 씨는 용기를 내어 돌연 행동을 개시했다. 부지깽이를 잡아들고 그는 방안으로 뛰어들어갔고, 바로 뒤에 번팅 부인이 따라들어갔다.

"손 들어!" 번팅 씨가 무섭게 고함쳤다. 그리고 그냥 멍하니 서 있었다. 웬일인지 실내에는 아무도 없었다.

그러나 바로 그 순간까지 방에서 누가 움직인 것을 들었다는 확신은 의심할 여지가 없었다. 30초 동안 그들은 어이가 없다는 듯이 서 있었다가 번팅 부인이 방을 가로질러 병풍 뒤를 들여다보았고, 그러는 사이에 번팅 씨도 같이 책상아래를 더듬어보았다. 그리고 나서 번팅 부인은 창문에 달린 커튼을 뒤집어 보고 번팅 씨는 굴뚝 있는 곳을 쳐다보면서 부지깽이로 그 속을 쑤셔 보는 것이었다. 게다가 번팅 부인은 휴지통 안을 샅샅이 살펴보았고, 번팅 씨는 번팅 씨대로 석탄구멍을 열어젖혔다. 그리고 두 내외가 어떻게 된 심판이냐 하는 눈초리로 멍하니 선 채 마주보는 것이었다.

"내가 보기에는……." 번팅이 입을 열었다.

"저 초는!" 번팅 부인이 말했다. "게다가 돈까지 없어졌으니!"

부인은 바쁘게 문간으로 달려갔다.

"세상에 이상한 일도 많지만……."

바로 그때 통로 쪽에서 맹렬한 재채기 소리가 터져나왔다. 부부는 그쪽으로 뛰어나왔다. 그러는 사이에 부엌문이 탕하고 닫혔다.

"촛불을 주구려!" 번팅 씨가 말했다. 그러곤 앞장을 섰다. 부부의 귀에 번개같이 빗장을 밀어젖히는 소리가 들려왔다.

목사가 부엌문을 열자마자 개수대 저편 뒷문이 열리면서 이른 새벽의 희미한 빛이 바깥 정원의 어두운 그림자를 비추고 있었다. 그는 아무것도 문에서 밖으로 나가는 것을 보지 못했다. 그것이 열리고 잠시 열린 채 있다가 탕 소리와 함께 닫혀지고 말았다. 그렇게 하는 사이에 번팅 부인이 서재에서 가지고 온 촛불이 불똥을 튀기면서 타올랐다. 그것은 그들이 부엌에 들어온 지 1,2분도 채 경과하지 않았을 때였다.

거기는 텅 비어 있었다. 그들은 뒷문을 잠그고 부엌과 식료품실과 개수대를 골고루 조사했다. 그리고 나서 끝으로 지하실 창고로 내려갔다. 온 집안에는 아무리 조사해 봐도 사람 하나 없었다.

대낮이 되었건만 묘한 옷차림을 한 키 작은 목사 부부는 이 불필요한, 희미한 촛불에 비친 자기 집 아래층을 여전히 신기하게 생각하고 있었다.

"세상에 기묘한 일도 많지만." 목사는 이미 스무 번도 넘게 이 말을 되풀이하고 있었다.

"여보," 번팅 부인이 말했다. "수지가 내려오는군요. 부엌엘 갔어. 2층으로 올라올 때까지 참으세요."

6 허공에 날뛰는 가구

이것은 바로 어느 월요일 이른 아침 시간에 일어난 일이지만 밀이가 온종일 구박을 받기 전에 홀 부처는 일어나자마자 소리 없이 지하실 창고로 내려갔다. 그들의 목적은 사적인 것이었고, 맥주의 분량을 조사하기 위한 특수한 것이었다.

부부가 지하실에 들어가기가 바쁘게 홀 부인은 사라피릴라 병을 가져오는 것을 잊은 것을 깨달았다. 이런 일의 전문가요 주인공인 그녀였기 때문에 당연히 홀이 그것을 가지러 위층에 올라갔다.

계단 입구에서 그는 사나이 방의 문이 약간 열려 있는 것을 보고서 놀랐다. 그는 시킨 대로 문제의 병을 찾으러 자기 방에 들어갔다.

그러나 아래층으로 내려오자 현관 문의 빗장이 잡아당겨진 채 있는 것을 발견했다. 다시 말하면 문에는 다만 고리만 걸려 있었다. 그러자 난데없는 육감으로 나그네의 이층 방이라든가 테디 헨프리의 충고를 연상했다. 그는 지금도 똑똑히 기억할 수 있지만 지난밤에 자기 손으로 촛불을 들고 있는 사이에 홀 부인이 빗장을 질렀었다.

이제 이런 광경 앞에 서서 그는 병을 든 채, 어이가 없다는 듯 2층에 다시 올라갔다. 그는 나그네의 방문을 두드렸다. 안에서는 아무런 대답이 없었다. 다시 두드려 보았다. 그리곤 문을 왈칵 밀어젖히고서 안으로 들어섰다.

방안은 예상한 그대로였다. 침대도 텅 비어 있었다. 본래 머리가 둔한 그였지만, 기묘한 것은 침실의 의자라든가 침대 난간에 전에 본 적이 있었던 모든 옷가지와 붕대가 흐트러져 있었다. 사나이의 큼직하고 기우뚱한 모자를 말하더라도 침대 쇠 장식 위에 비스듬히 얹혀 있는 것이었다.

홀이 거기에 서 있는 사이에 지하실 밑바닥에서부터 울려 오는 아내의 말소리가 서부 서섹스 시골 사람들이 화를 냈을 적에 하는 저 독특한 말투 그대로 방정맞게 터져나왔다. "여보! 가져오라는 건 어떻게 됐어요?"

그 소리에 남편은 몸을 돌려 아내한테로 달려갔다.

"여보," 지하실로 내려가는 계단 난간에 기대어 홀이 말했다. "헨프리가 말한 그대론가 보오. 게다가 현관문도 고리가 끌러져 있었소."

처음에 홀 부인은 무슨 말인지 알아듣지 못했다. 그러고 나서는 직접 빈 방을 가봐야겠다고 결심하였다.

그때까지 병을 들고 있던 홀이 먼저 나섰다.

"그녀석 집에 없다손 치더라도 멀리 가지는 않았을 거야." 그는 말했다. "게다가 옷도 입지 않고 어딜 간단 말이오? 이건 정말 귀신이 탄복할 일이야."

지하실 계단으로 해서 올라가는데, 이것은 나중에 확인된 사실이거니와, 부부의 귀에는 현관문이 열렸다 닫혀지는 소리가 들려온 것 같았으나, 정작 아무렇지 않았다는 것을 목격하자 부부 사이에는 이에 대해서 아무 말도 없었다. 홀 부인은 남편을 남겨 두고 통로를 지나 계단을 쫓아 올라갔다. 누가 계단 위에서 재채기를 했다. 대여섯 걸음 뒤떨어져 따라오던 홀은 아내의 재채긴 줄 생각했고, 앞장 선 부인은 홀이 한 것으로 알았다. 그리고 문을 화닥닥 열어젖히고 나서 방안을 들여 다보았다.

"세상에는 이상한 일도 많지만!" 그녀가 말했다.

그녀는 바로 뒤에서 누가 재채기를 하는 것 같은 소리를 들었다고 생각해서 돌아보다가 남편이 10여 발자국 떨어진 계단, 맨 위에 발을 디디고 선 것을 보고 놀랐다. 그러나 다음 순간에는 부부가 나란히 섰다. 그녀는 앞으로 몸을 구부려 베개 위에 손을 갖다 얹고 거기에 걸린 옷 밑에 손을 집어넣었다.

"싸늘해" 그녀가 말했다. "그이는 이 시간에 일어나 있었던 거로군."

안주인이 이렇게 서두르고 있는데 그야말로 세상에서 가장 기묘한 일이 일어났다. 침구가 제 힘으로 모여지자 산봉우리처럼 불쑥 일어서더니 침대 난간 아래로 떨어지는 것이었다. 그것은 흡사 손이 있어 한복판을 잡아들고, 가까스로 집어던지는 것 같았다. 다음에는 사나이의 모자가 침대 쇠장식으로부터 뛰어올라 허공에 반원형을 그리면서 한 바퀴 빙 돌더니 홀 부인 얼굴을 향하여 보기 좋게 날아가는 것이었다. 그러자 세면대에서 스폰지가 동시에 등장했고, 뒤이어서 의자가 사나이의 바지와 웃옷을 옆으로 떨어뜨리면서 사나이의 목소리 비슷한, 기묘한, 비웃는 듯한 웃음소리가 나면서, 홀 아주머니를 향해서 의자가 올라가자 잠시 그녀에게로 겨누는 것같이 보이더니 그대로 날아갔다. 안주인은 비명을 지르면서 몸을 비켰다. 그러자 그 의자가 그녀의 등을 조용히 힘있게 떠밀면서 이 집 주인 부부를 밖으로 몰아내고 말았다. 문이 모질게 쾅 소리를 내면서 닫혀지고 안에서 잠그는 소리가 났다. 그 의자와 침대는 잠시 승리의 개가를 올리고 나서 모든 것이 조용해졌다.

홀 부인은 난간에 기대어 선 남편의 두 팔에 안기어 거의 실신 상태에 놓여 있었다. 부인의 비명소리에 놀라 달려간 홀과 밀이가 그녀를 아래층으로 옮겨서, 이런 경우에 누구든지 하는 강심제를 먹이기까지에는 여간 애를 쓰지 않았다.

"귀신이야," 홀 부인이 말했다. "귀신이 틀림없어. 그런 글을 읽은 일이 있거든. 테이블과 의자가 뛰고 춤추고 하는……."

"한 방울만 더, 여보." 홀이 말했다. "이걸 마시면 정신이 돌아올 테니."

"그녀석을 몰아내야 해요." 홀 부인이 말했다.

"다시 못 들어오게 해요. 전부터 다소는 추측이 갔었지만……. 미리 알아야 했을 것을. 잠자리눈 안경에 머리에 붕대를 싸맨 녀석이, 게다가 일요일엔 교회도 가지 않는, 또 그놈의 병은 뭐야. 그것이 한두 개라야지. 넉넉히 가구에다가 혼령을 불어넣었어! 내가 어렸을 때 어머니께서 앉아 계시던 바로 그 의자에다가, 그것이 이제 나를 대항해서 덤벼들다니……."

"꼭 한 방울만 더, 여보." 홀이 말했다. "당신의 신경은 말이 아냐."

그들은 아침 다섯시의, 햇빛이 찬란한 거리로 밀이를 내보내어 대장장이 샌디 웨저즈 씨를 불러오게 했다.

홀 씨의 인삿말, 그리고 2층에 있는 가구가 춤을 추더라는 얘기.

"웨저즈 씨께서 와주시겠어요? 웨저즈 씨가."

그는 지각있고 제법 눈치 빠른 사나이었다. 그는 이 사건을 심각하게 생각했다.

"그것이 마녀가 아니면 내 목을 베어가." 이것이 샌디 웨저즈 씨의 의견이었다. "이런데다가 말편자 [馬蹄]를 주문하려는 건 아니겠지."

그는 자못 걱정스런 표정으로 나타났다. 모두들 그에게 앞장을 서게 해서 2층에 있는 방으로 가봤으면 했다. 그러나 본인은 그다지 급하게 서두를 필요가 없다는 눈치였다. 그 대신 통로에서 얘기를 꺼냈다. 거기에 헉스터네 집 하인이 나타나 담배가게 바깥문을 끌어 내리기 시작했다. 그도 문제의 화제에 끼어 들었다. 헉스터 씨는 몇 분 동안 듣고만 있었다. 의회정부의 천재인 앵글로색슨 민족의 본령이 여기에도 나타났다. 이런저런 말들은 많았으나 이렇다 할 결정적 조치가 내려지지 않았다.

"먼저 사실을 알아봅시다." 샌디 웨저즈 씨가 주장했다. "우리 모두 문을 밀어젖히고 들어가는 데에는 그러한 행동에 대한 완전한 자신이 있어야 하는 법이오. 언제든지 차고 들어갈 수 있는 문은 언제든지 차고 들어갈 수 있소. 그러나 한번 차고 들어간 열린 문을 다시 차고 들어갈 수는 없소.”

그때 돌연 세상에도 기묘하게 2층의 그 방문이 스스로 열려졌다. 그래서 모두들 깜짝 놀라서 쳐다보고 있노라니 바로 불필요하게 큰 새까만 안경 눈이 전에 없이 멍하니 내다보이면서 사나이의 싸맨 몸뚱이가 계단을 내려오는 것이었다. 눈을 크게 뜨고서 사나이는 무뚝뚝하게 천천히 내려왔다. 통로를 가까스로 지나자 눈을 부릅뜨고 발을 멈추었다.

“이걸 보시오!” 그가 말했다. 그러자 일동의 시선이 장갑을 낀 사나이의 손가락이 가리키는 방향으로 움직였다. 거기에는 한 병의 사라피릴라가 지하실 창고 문 바로 옆에 놓여 있는 것이었다. 그러고 나서 사나이가 응접실에 들어가자 일동의 면전에서 문을 돌연 재빠르고 모질게 탕 소리를 내며 닫아 버렸다.

문이 닫히고 나서 그 진동이 가라앉을 때까지 아무도 말이 없었나. 모두들 서로 눈치만 보고 있었다.

“글쎄, 저래도 사람을 해치지 않는다면!” 웨저즈는 이렇게 말했으나 대안(代案)을 말하지 않았다.

“들어가서 진상을 알아봐야겠어.” 웨저즈가 홀 씨를 향하여 말했다. “설명을 요구해야겠어.”

이 집 바깥주인으로 하여금 행동을 취하게 하는 데에

는 다소의 시간이 필요했다.

드디어 홀이 문을 두드려 열고 나서, 한다는 소리가 기껏해야 "실례합니다."

"귀신이 물어 갈 놈의 자식!" 사나이는 집이 떠나가는 소리로 고함쳤다. 그러곤 "문을 닫아."

이렇게 해서 이 짤막한 인터뷰는 중단되고 말았다.

7 수상한 사나이 정체를 드러내다

저 이상한 사나이는 아침 다섯시 반 경 역마관 좁은 응접실에 들어가서 거기서 발을 내리고 문을 닫고서 오정 가까이까지 나오지 않았다. 홀이 난리를 겪고 물러나온 뒤로 사나이 앞에 나타나려는 용사는 없었다. 그러는 동안 사나이는 굶고 있었다. 세 번이나 그는 초인종을 눌렀고 네번째 가서는 계속해서 미친 듯이 종을 울렸으나 아무도 대답하는 사람은 없었다. "저녀석, 귀신한테 물려 가라지, 정말!" 홀 부인은 말했다. 그러는 동안에 정확하지 못한 교구 내의 강도사건에 관한 소문이 들려왔다. 그래서 이 두 가지 수상한 일이 하나로 합쳐졌다. 홀은 웨저즈의 힘을 빌려 치안관(治安官)인 서컬포스 씨한테로 달려가서 그분의 충고를 듣기로 했다. 아무도 2층에 올라가려고 하지 않았다. 사나이가 어떻게 있는지 알 수 없는 노릇이었다. 이따금씩 그는 야단스럽게 발을 구르며 두 번이나 한바탕 욕설을 떠벌려대는 소리가 들렸고, 종이 찢는 소리, 병을 마구 깨뜨리는 소리가 났다.

질리긴 했으나 호기심에 찬 몇몇 사람들의 수효가 늘기 시작했다. 헉스터 부인도 등장했다. 새까만 기성복과 핑크색 재킷에 피키 무늬의 조 타이를 야단스럽게 맨 쾌활한 젊은 사람들—그날은 어느 월요일이었다—모두들 한데 모여 두서없이 질문을 던지는 것이었다. 젊은 아치 하커만은 마당에 나와서 닫혀진 발 밑으로 실내를 들여다보려고 했으나 아무것도 보이지 않았다. 그러나 무엇이 눈에 띈 것처럼 아이핑의 젊은이들이 곧 거리로 몰려들었다.

그날은 월요일로 이처럼 아름다운 날씨는 없었다. 마을의 거리 양쪽에 10여 군데 가게가 섰고, 사격장이 생기고, 대장간에 가까운 풀밭에 노란 초콜릿색 마차가 셋이나 와 있는데, 몇몇 낯선 화려한 차림의 남녀들이 사격장에서 표적을 겨누고 있었다. 신사들은 하늘색 스웨터를 입고 숙녀들은 하얀 에이프런을 두르고 새털이 길게 달린 제법 맵시 있는 모자를 쓰고 있었다. 자줏빛 사슴 호(號)의 우다이어, 게다가 우다이어와 마찬가지로 중고 자전거를 파는 행상인 자거즈 아저씨는 빅토리아 여왕의 제일 먼저 50년 기념 축전 때 사용한 영국 국기와 왕실 문장(紋章)을 길에 가까스로 늘어놓았다.

단 한 가닥의 광선이 스며드는 응접실의 인공적 어둠 속에서, 이 수상한 사나이는 십중팔구 굶은 채 그 불편

한 무더운 붕대를 싸매고서 맹수처럼 검은 안경 너머로 논문을 탐독하는가 하면, 더러운 작은 병을 내던져 보기도 하고, 밖에서 보이지는 않지만 방 너머로 들리는 저주의 말을 이따금씩 야수처럼 젊은이들에게 던지곤 하는 것이었다. 난로 한구석에는 깨어진 병이 대여섯 개 가루가 되어 깔려 있었고 코를 파고드는 소독약 냄새가 공기에 차 있었다. 그 당시에 들려온 얘기와 그 다음에 여기서 일어난 사건에서 이럭저럭 우리는 이 정도의 추측을 할 수 있다.

오정때쯤, 그는 돌연 응접실 문을 열어젖히고 바에 와 있는 손님 서너 명을 향하여 무섭게 응시한 채 움직이지 않았다.

"홀 부인." 그가 말했다. 어느 친구가 조심스럽게 자리를 떠나 홀 부인을 부르러 나갔다.

약간 숨을 헐떡거리며 그 사건 때문에 단단히 골이 난 채 홀 부인이 곧 나타났다. 홀은 그때까지 돌아오지 않았다. 그녀는 이 장면에 대해서 신중히 생각을 하고 나서 청산하지 않고 있는 계산서를 작은 쟁반에 받쳐 들고 나왔다.

"손님이 가져오라는 계산선데요?" 그녀가 말했다.

"왜 아침식사가 적혀 있지 않소? 당신은 내가 먹지 않고도 사는 사람인 줄 아오?"

"왜 회계를 안 하시오?" 홀 부인이 말했다. "그걸 좀 알고 싶어요."

"3일 전에 말한 것처럼 송금 오기를 기다리는 중이라 하지 않았소?"

"3일 전에 벌써 송금을 기다릴 수 없다고 말하지 않았나요. 다소 아침식사가 늦다 해도 그렇게 화를 낼 건 없다고 생각해요. 닷새 동안이나 회계가 밀린 이상, 그렇잖아요?"

사나이는 몇 마디 똑똑한 말씨로 상스러운 말을 했다.

"아니야, 아니야!" 바에서 떠들썩했다.

"그런 욕설은 당신한테만 하세요." 홀 부인이 외쳤다.

이제 사나이는 성낸 잠수용 헬멧 이상으로 기묘한 꼴을 하고 서 있었다. 바에 있던 사람들의 전체적인 인상은 홀 부인이 사나이보다 한 수 더 뜨는 것으로 보였다. 곧이어서 사나이의 말은 그것을 증명하고도 남음이 있었다.

"보시오. 점잖은 아주머니." 사나이가 말을 꺼냈다.

"나한테 점잖으니 뭐니 하진 마세요." 홀 부인이 말했다.

"송금이 아직 오지 않았다고 하지 않았소."

"송금이라니, 정말!" 홀 부인이 말했다.

"하지만, 굳이 말한다면 내 포켓에는……."

"사흘 전 애기는 한 소버린 정도의 은화밖에는 가진 것이 없다고 하지 않았소."

"그런데 몇 푼 더 찾아냈소."

"여보시오!" 바에서 한바탕 터져나왔다.

"어디서 그런 돈이 나왔는지 알고 싶소." 홀 부인이 말했다. 그 말이 사나이를 아주 궁지에 빠뜨린 모양이었다. 사나이는 두 발을 방바닥에다 탕하고 구르는 것이었다.

"뭣이 어째?" 사나이가 소리쳤다.

"어디서 그런 돈이 나왔는지 알고 싶다는 거요." 홀 부인이 말했다. "게다가 계산을 치르기 전이 아니면 아침상를 받기 전에, 또는 뭣을 하든 이쪽에서 이해할 수 없는 두 가지 점만은 나에게 설명해 주어야겠소. 아무도 알 수 없는 일이며, 모두들 무척 알고자 하는 것을. 2층에 있는 우리집 의자를 어떻게 했는지 알고 싶어요. 그리고 당신 있는 방이 어떻게 해서 텅 비기도 했다가 다시 당신이 방으로 들어갔는지 알아야겠어요. 우리집에 오는 사람은 누구든지 문으로 들어오게 되어 있어요. 이것이 이 집의 규칙이에요. 그런데 당신은 그렇게 하지 않았어요. 그래서 내가 알고 싶은 것은 당신이 어떻게 해서 들어왔느냐 하는 점이오. 그리고 내가 알고자 하는 것은……."

갑자기 사나이는 장갑 낀 두 손을 들고서 불끈 쥐고 발버둥치면서 어찌나 기묘하게 악을 쓰며 "닥쳐…." 소리를 질렀던지 안주인은 말문이 막히고 말았다.

"내가 누구며 무엇을 하는 사람인지 당신은 모를 거요. 내가 누군지 보여 주지. 제기랄! 보여 주지." 그러고는 펴놓은 손바닥으로 자기 얼굴을 덮고 나서 손을 떼어 보였다. 그러자 안면의 중앙이 어두운 공동처럼 텅 비어 있었다.

"이거야." 그가 말했다. 사나이는 앞으로 걸어나와 홀 부인에게 무엇을 쥐어 주자, 사나이의 기묘한 낯짝을 응시하면서 그녀는 자동적으로 그것을 받았다. 홀 부인은 그것을 보자마자 큰 소리로 비명을 올리면서 뒤로 넘어지며 물건을 떨어뜨렸다. 코―그것은 사나이의 코였다! 불그스레하고 반짝거리는―가 텅빈 종이상자처럼 소리를 내면서 방바닥으로 굴러떨어졌다.

그러자 그는 자기의 안경을 벗었다. 바에 와 있는 모든 사람이 숨을 죽이고 말았다. 사나이는 모자를 벗고 미친 사람 모양 턱수염과 붕대를 잡아 떼고 말았다. 잠시 동안 사람들은 사나이 앞에서 눈에 보이지 않는 저항을 하였다. 일시에 무서운 예감이 바 안을 번개처럼 스쳐갔다.

"오, 하느님이시여!" 누가 외쳤다. 그러자 모두들 따라서 소리질렀다.

어떤 세상에도 이런 놀릴 만한 일은 없었다. 입을 벌리고 공포에 질린 채 서 있던 홀 부인이 눈앞에 나타난 광경에 비명을 올리면서 문 있는 곳으로 달려갔다. 모든 사람이 움직이기 시작했다. 모두들 상처가 아니면 보기 흉한 변형, 그렇지 않으면 눈앞의 공포에 대해서 각오했다. 그러나 아무 일도 없었다! 붕대와 가짜 수염이 통로를 가로질러 바를 향해 날아왔다. 사람들이 그 것을 피하려고 바보처럼 춤을 추었다. 계단을 내려오면서 모두들 엎치라덮치락 했다. 거기서 밑도끝도, 종잡을 수 없는 말로 떠벌려대는 바로 그 사나이는 코트의 칼라 위만 보이는, 틀림없이 움직이는 형체였다. 그러나 무(無)다, 아무것도 거기에는 없었다!

마을 아래쪽에서 이 야단을 들은 사람들이 눈을 그곳으로 돌렸을 때 역마관에서 미친 듯이 사람들이 뛰어나오는 것이 보였다. 홀 부인이 엎어지고 테디 헨프리 씨가 그것을 피하려고 뛰어넘자, 멀리서 무서운 비명소리가 났다. 하녀가 이 소동에 놀라 부엌을 나오자 머리 없는 사나이가 뒤에서 부딪쳤다는 것이다. 그러자 모든 것이 한꺼번에 조용해졌다.

이것이 끝나자 거리의 모든 인간들—과자 장수, 사격장 주인과 그의 조수, 그네 타는 사나이, 어린 소년 소녀, 어설픈 멋쟁이, 예쁘장한 아가씨, 연회복의 신사, 에이프런을 두른 짚시들—이 여관을 향해서 달려오기 시작했다. 그러자 기적적인 단시간 내에 40명 가량의 군중이, 수효가 불어 가면서 홀 부인 집 앞에서 밀치고 부딪치고 떠들고 소리치며 한바탕 소란을 피우는 것이었다.

모두가 다투어 한꺼번에 제 말만 하려고 했다. 그 결과는 무슨 소린지 분간 못하게 되었다. 몇몇 사람이 이제 막 기절해 넘어지려는 홀 부인을 부축했다. 혼란스러운 가운데, 말 많은 목격자들의 입에서 믿어지지 않는 실담이 터져나왔다.

"오, 도깨비!"

"그래서 그녀석이 어떻게 하더냐?"

"하녀는 다치지 않았어?"

"칼을 집어던졌다고 보는데."

"아냐, 머리가 없다는 거야. 머리가 없는 사나이 말이야!"

"거짓말! 트릭에 지나지 않았을 거야."

"싸매고 있던 것을 잡아 뗐어, 정말 그랬어."

열려진 문틈으로 들여다보겠다고 법석대는데, 가장 모험적인 자가 앞장서서 쐐기 모양으로 여관에 가장 가까운 곳으로 밀고나갔다. "그는 잠시 서 있었다. 나는 여자의 비명소리를 듣고 뒤돌아봤다. 여자의 치맛자락이 펄렁거리고 사나이는 그 뒤를 따라갔다. 10초도 걸리지 않았다. 그자가 돌아왔을 때에는 한 손에 나이프와 빵을 한 아름들고 있었다. 응시하는 것처럼 멍하니 얼마간 서 있다가 저기 있는 문으로 들어갔다. 정말 그녀석은 머리가 없었나. 당신들은 그것을 못 봤지만……."

뒤쪽에서는 혼란이 일어났다. 사회자가 옆으로 물러서서 집을 향하여 자못 용감하게 전진하고 있는 작은 행렬을 위해서 자리를 비켰다. 선두에는 홀 씨가 홍당무같이 홍분한 결심에 가득 찬 얼굴로, 마을의 치안관인 보비 제이프스 씨가 따르고 다음으로 풀이 죽은 웨저즈 씨가 따랐다. 그들은 이제 체포령을 준비하고 왔던 것이다.

사람들은 제각기 모순된 이 사건에 관한 얘기를 떠들고 있었다.

"머리야 있든 없든 그 녀석을 잡아야지, 꼭 잡아야지." 제이프스가 말했다.

홀 씨는 계단을 향해 올라가서 응접실로 통하는 문을 향하여 곧장 걸어갔다. 그러자 그것이 열려 있는 것을 발견했다.

"치안관님, 임무를 수행하시오." 그가 말했다.

제이프스도 들어갔다. 홀이 뒤를 따르고 웨저즈가 그 다음이었다. 그들은 희미한 불빛 아래 머리 없는 형체가 장갑을 낀 한쪽 손에 뜯어먹은 빵조각을, 나머지 손에는 치즈 한 조각을 든 채 일행을 향해 있는 것을 발견했다.

"그 녀석이다." 홀이 말했다.

"도대체 이것이 뭐야?" 성난 호통소리가 그 형체의 칼라 위로부터 터져나왔다.

"그대는 용서 못할 손님이오." 제이프스 씨가 말했다. "그런데, 머리야 있든 없든, 체포령에는 신체라 했으니, 그리고 임무는 임무니까……."

"물러서라!" 형체는 뒤로 물러나면서 말했다.

돌연 그는 빵과 치즈를 집어던졌다. 홀 씨는 테이블 위에 놓인 나이프를 간신히 손에 쥐었다. 사나이의 왼쪽 장갑이 날아와 제이프스의 얼굴을 후려갈겼다. 다음 순간에 체포령에 관한 설명을 중단하고서 제이프스는 손 없는 팔목을 잡아 쥐고 보이지 않는 사나이의 목을 잡았다. 홀은 나이프를 테이블 위로부터 웨저즈에게로 굴려 보냈다. 웨저즈는 공격으로 들어간 골 키퍼 모양 제이프스와 사나이가 자기를 향하여 쓰러졌다 넘어졌다 하는 판에 덤벼들어 잡아 쥐고 때리기 시작했다. 쌍방의 중간에 의자가 가로막고 있었으며, 그것이 두 사람이 서로 부딪치며 넘어지는 바람에 옆으로 날아 갔다.

"다리를 잡아." 제이프스가 입을 다문 채 말했다.

홀 씨는 시키는 대로만 할 작정인데 옆구리를 보기 좋게 차이면서 잠시 뻗어 버렸다. 웨저즈 씨는 머리 없는 사나이가 몸을 굴려 제이프스 위에 올라 앉아 나이프를 든 채 문으로 물러서면서 헉스터 씨와 법과 질서를 살리기 위해서 달려온 시더브리지의 차부와 부딪혔다. 그 순간에 술장에서 술이 서너 병 날아와 실내의 공기 중에 코를 찌르는 냄새를 풍기게 했다.

"항복했소." 이상한 사나이가 말했다. 그는 제이프스를 때려 눕혔고, 곧 머리가 없고 손도 없는 기묘한 형체로 일어서서 헐떡거렸다. 사나이는 양쪽 손에 긴 장갑을 벗어 버렸다.

"할 수 없군." 그는 애걸하듯이 헐떡거리며 말했다.

텅빈 공간으로부터 들려오는 이 소리야말로 세상에서 가장 기묘한 것이었다. 그러나 서섹스의 농민들은 세상

에서 가장 즉흥적인 사람들일 것이다. 제이프스도 일어
났다. 그러곤 수갑을 끄집어 내었다. 그러자 그는 두 눈
이 휘둥그래졌다.

"이것 봐!" 이 모든 임무수행이 떳떳하게 되지 않은
것을 느낀 나머지 제이프스가 말했다.

"아이구 참! 보이기는 하는데 채울 수가 있어야지."

수상한 사나이는 팔을 양복 조끼에 밀어넣었고, 흡사
기적인 양 빈 소매 쪽단추가 벗겨져 있었다. 그러곤 정
갱이가 탈이 났군 하면서 허리를 구부렸다. 그는 구두
와 양말을 찾는 모양이었다.

"이봐!" 헉스터가 난데없이 말했다. "저건 인간이 아
니야, 알맹이 없는 옷이지. 보구려! 저 칼라라든가 옷
주름이 보이지 않는가? 내 팔이 그 속에 들어갈 수 있
는……."

그는 손을 내밀었다. 손이 허공에서 무엇과 부딪힌
모양이었다.

"내 눈에 손가락을 갖다 대지 말라니까." 애걸하는 듯
사나운 말소리가 허공에서부터 터져나왔다.

"사실, 나는 그대로 여기 있소. 머리, 두 손, 다리 그
리고 모든 것이. 그러나 어쩌다가 내 몸이 안 보이게
되었소. 내가 아이핑의 바보녀석들 때문에 박살이 나도
좋다는 이유가 어디 있겠소?"

이제 단추란 단추가 모두 벗겨지고, 투명한 지주(支
柱)에 헐렁헐렁 걸려 있는 한 벌의 옷이 일어서며 두

팔에 허리에 대고 있었다.

　5,6명의 객군이 실내에 들어와서 제법 인수가 불었다.

　"투명이라니?" 헉스터는 사나이의 말을 무시하듯 말했다. "누가 그와 비슷한 얘긴들 들었겠나?"

　"이상도 할 겁니다. 하지만 범죄는 될 수 없소. 어째서 이런 꼴이 되어 경찰의 신세를 져야 하오."

　"그것은 다른 문제요." 제이프스가 말했다. "광선이 이래서야 잘 보이지 않을 수도 있겠지. 그러나 여기에 체포장이 있소. 틀림없는 체포장이오. 내가 문제삼는 것은, 투명하다는 것이 아니라 강도질이오. 어느 댁에서 강도를 당했고 돈이 없어졌다오."

　"그래서?"

　"그런데 모든 환경이 틀림없이……."

　"조작이오. 장난이오!" 투명인간이 말했다.

　"나도 그러기 바라죠. 그러나 이미 나는 명령을 받았소."

　"그렇다면 가겠소, 가지요. 그러나 수갑은 그만두시오."

　"그것이 법이오." 제이프스가 말했다.

　"수갑은 두시오." 사나이가 고집했다.

　"짐깐만," 제이프스의 말이다.

　난데없이 그 형체가 주저앉았다. 그러곤 모두들 뭐가 뭔지도 모르는 사이에 슬립퍼, 양말, 바지 할 것 없이 테이블 아래로 차던지는 것이었다. 그러자 그는 다시 일어서서 웃옷을 집어던졌다.

　"여봐, 저걸 잡아." 돌연 무슨 일이 일어난 것을 깨닫고 제이프스가 말했다. 그는 조끼를 잡았다. 밀고 당기고 한 끝에 셔츠가 벗겨지고 손에는 아무것도 남지 않았다.

"저놈을 잡아라!" 제이프스가 큰 소리로 외쳤다.

"입은 것을 벗어 버리기만 하면 그때는……."

"저놈을 잡아라!" 모두들 소리쳤다. 그리곤 흰 셔츠가 펄럭거리는 것을 향해서 달려갔다. 그것은 이 사나이의 몸에서 눈에 보이는 단 한 가지 물건이었다.

셔츠 소매가 홀의 얼굴을 보기 좋게 한 대 갈기고 나니 팔을 걷고 앞으로 나아가던 것이 좌절되고 불목하니 투스섬에게로 나자빠졌다.

그러자 다음 순간에 옷이 위로 추켜 올라가면서 팔 있는 데가 떨면서 혼자 팔랑거리는 품이 셔츠가 머리를 빠져나가는 시늉 그대로였다. 제이프스가 그것을 잡았으나 도리어 벗는 데 도움이 되었다. 허공에서 주먹이 그의 입술을 쥐어박고 그래도 화가 가시지 않아 치안관의 곤봉을 뺏앗아 가지고 테디 헨프리의 머리를 모질게 내려쳤다.

"놓치지 마!" 일제히 외쳤다. 모두들 함부로 이리 치고 저리 쳤으나 대답이 없었다.

"녀석을 잡아라! 문을 닫아! 놓치지 마라, 내 손에 뭣이 걸렸어. 바로 그녀석이야!" 분간할 수 없는 소리가 여러 입에서 터져나왔다. 얼른 보기에 전부가 한꺼번에 얻어맞은 것 같았다. 샌디 웨저즈는 눈치 빠른 사람인지라, 코에 한 대 얻어맞는 바람에 신경이 예민해져서 다시 문을 열어 일행을 밖으로 몰아내었다. 나머지 사람들은 두서없이 따라나오며 문 입구에서 잠시 법석대었다. 치고 때리고 하는 것을 계속했다. 유니테리언 교파(敎派)의 핍스는 앞니가 부러졌고 헨프리는 귀의 연골에 타박상을 입었다. 제이프스도 턱을 얻어맞고 몸을 돌이켜 혼전(混戰) 통에 자기와 헉스터 사이에 걸려든 무엇을 잡았다. 그러자 남자의 가슴 같은 것을 느꼈으나 다음 순간에는 모두들 옥신각신하면서 흥분된 몇몇은 좁은 홀로부터 밖으로 뛰어나가는 것이었다.

"잡았다!" 군중 가운데서 목이 막히고, 맴을 돌면서 눈에 보이지 않는 적을 상대로 얼굴이 자줏빛으로 변하고 혈관이 부어올라도 여전히 덤벼들면서 제이프스 씨가 외쳤다.

사나이들이 좌우로 나자빠지는 사이에 기묘한 싸움은 어느새 현관문으로 발전하였고 여관의 계단을 대여섯 층계 팽이처럼 굴러내리기 시작했다. 꼼짝 못하게 잡아 쥔 채 제이프스가 외쳤다. 그러면서 정갱이로 몸을 조절하면서 한 바퀴 뺑 돌자 머리를 모래자갈에다 틀어박고서 맨 밑바닥에서 신음하는 것이었다. 그때 비로소 그의 손가락에서 힘이 풀렸다.

"잡아라!" "안 보인다!" 등등 흥분된 고함소리가 터져나왔다. 정체불명의 한 청년이 당장에 덤벼들어 무엇을 잡았다가 놓치자 치안관의 피로막심한 몸뚱이 위에 그대로 넘어졌다.

길 건너 몇 발자국 떨어지지 않는 곳에서 무엇이 밀어 젖히는 바람에 한 부인이 비명소리를 내고, 틀림없이 발에 채인 개 한 마리가 킥! 소리를 내더니 짖으면서 헉스터 씨의 뒷마당으로 달아났다. 이로써 투명인간의 도피행은 완료되었다. 잠시 동안 사람들은 멍하니 서서 숨만 헐떡이고 있었다. 그러자 공포감이 왔다. 일진광풍이 낙엽을 날리듯 모두들 마을 이 구석 저 구석으로 뿔뿔이 흩어지고 말았다. 그러나 제이프스만은 여관 입구에서 얼굴과 정갱이를 앞으로 구부린 채 그대로 소리 없이 엎드려 있었다.

8 막간(幕間) 설명

8장은 지극히 간단하다. 여기서는 이 지방의 아마추어 박물학자인 기본즈가 2마일 사이에는 사람 하나 없노라고 생각할 만큼 적적하고 광막한 텅 빈 언덕 위에 누워서 졸고 있는데, 가까운 데서 기침을 하고 재채기를 하면서 혼자 굉장한 욕설을 하는 사람 소리가 들리기에 눈을 떠보았으나 아무것도 없었다.

그러나 소리만은 의심할 여지가 없었다. 그것은 교양인의 욕설에서만 볼 수 있는 것으로서, 풍부한 화제를 가지고 그칠 줄 몰랐다. 애더딘 쪽으로 가는 것 같은 그 소리는 크라이막스로 올라갔다가 다시 조용해지면서 멀리 사라지고 말았다. 이따금씩 재채기 소리가 나다가 그쳤다가 했다. 기본즈는 그날 아침에 일어난 사건에 대해서는 일체 듣지 못했으나 그 현상이 너무나 기묘하고도 걷잡을 수 없는 것이어서 이때까지의 철학적 적막이 깨뜨려지고 말았다. 그는 재빨리 일어나 험한 언덕을 내려와 있는 힘을 다해서 마을 쪽으로 달려갔다.

9 도마스 마벨 씨

도마스 마벨 씨가 어떠한 사람이냐, 누가 물으면 체구가 거대하고 표정이 다채로운 인상이며, 게다가 연통처럼 튀어나온 코와 두텁고 잘 움직이는 입술과 철사 모양 꼿꼿하게 끝이 치겨올라간 수염을 생각하면 된다. 그의 체구는 비만증에 걸린 숙녀처럼 구부정하고, 짧은 손발은 그런 인상을 더 한층 강조하는 결과를 가져온다. 털이 북실북실한 실크 모자를 머리에 얹고 구두끈을 단추 대용으로 하는 것은 좋으나 위치가 누구의 눈에도 실례가 되는 곳이어서 틀림없는 홀아비임을 말하여 주었다.

아이핑에서 1마일 반쯤 되는 애더딘으로 내려가는 길가의 도랑에 그는 다리를 내리고 걸터앉아 있었다. 발은 군데군데 구멍이 뚫린 양말을 제외하면 살이 드러나 있었고, 큼직한 발가락은 신경질을 내는 개의 귀 모양 쫑긋쫑긋 하는 것이었다.

한가롭게─그는 세상만사를 한가롭게만 생각한다. 그

는 끈이 달린 장화 한 켤레를 골똘히 생각하고 있었다. 그것은 오래간만에 머리에 떠오른 구두 중에서 가장 근사한 구두였다. 그러나 지금 가지고 있는 구두로 말하면, 날씨만 좋으면 여간 기분좋게 맞는 편이 아니었으나 궂은 날이면 창이 너무 엷은 폐단이 있는데다가, 비교하자면 이 구두는 자기 발에 너무 큰 것 같았다. 도마스 마벨 씨는 훌렁한 구두를 싫어했으나 그 대신 습기를 좋아하지 않았다. 그러나 그는 아직 그 중에서 어느것을 가장 싫어하는가를 결정짓진 못하고 있었다. 그런 사정인지라 이와 같은 화창한 날씨에 이런 것을 생각하는 것보다 더 근사한 일이 어디 있겠는가.

그래, 그는 네 켤레의 맵시 있는 구두를 잔디 위에 늘어놓고 바라보는 것이었다. 그런데 풀잎과 짚신나무 꽃 가운데 그것들은 두고 보고 있노라니까 두 켤레가 돌연 똑같이 눈에 거슬렸다. 뒤에서 사람 소리가 났으나 전연 놀라는 기색이 없었다.

"여하튼 구두는 구두야." 소리가 말했다.

"그렇지, 물론 구두지." 머리를 한쪽으로 기우뚱하고 보기 곤란한 것처럼 도마스 마벨 씨가 말했다. "그런데 세상에서 어느 것이 더 보기 싫은지, 그걸 알 수 있어야지!"

"흥." 소리가 말했다.

"지독한 놈을 신었단 말이야. 사실이지 하나도 신어 보지 못했어, 그러나 저렇게 보기에 흉한 것이 어디 있어. 솔직히 말해서 여태껏 구두를 고르고 있는 판인데 — 딴 일을 제패하고서—하루 이틀이 아니었어. 그래서 모두가 싫어졌단 말이야. 물론 근사하긴 해. 그러나 신사가 소풍 중에 이렇게도 많은 자기 구두를 구경하다니, 내 말을 들어 보오, 이 세상에서 보여 준다고 애쓴 것이 기껏 이 정도라니 말이 되오? 저걸 좀 보시오! 대체로 나라가 이만하면 구두도 저 정도로 되고 말 일이지. 그러나 내 팔자는 뒤죽박죽이야. 이 나라에서 내가 구두를 맞춘 것이 10년이 넘을 거요. 그래 그놈의 구두가 내 발을 이렇게 만들었으니."

"망할 놈의 나라야." 소리가 말했다. "게다가 개 같은 인종들."

"그렇고말고." 도마스 마벨 씨의 말이다. "하느님이시여! 저 놈의 구두! 망할 놈의 나라!"

그는 머리를 돌려 왼쪽 어깨너머로 비교해 볼 양으로 대화자(對話者)의 구두에 시선을 던졌다. 그러나 이것이 웬일일가! 얘기의 주인공의 구두가 있어야 할 바로 그 자리에는 다리도 없고 구두도 보이지 않았다. 이번에는 오른쪽 어깨너머로 머리를 돌려보았으나 마찬가지였다. 스며드는 커다란 놀람 앞에 그는 얼굴이 하얗게 질렸다.

"어디 계시우?" 도마스 마벨 씨는 어깨너머로 말하고 나서 두 팔을 잔디밭에 짚어 보았다. 인적이 없는 언덕이 멀리 바라보이고 금작화의 푸르고 뾰족한 덤불에 바람이 일었다.

"내가 취했나?" 마벨 씨가 말했다. "눈이 어떻게 되었나? 혼자서 얘기했던가? 무엇이?"

"놀랄 것 없어." 소리가 말했다.

"나에게 복화술(腹話術)을 걸 건 없소." 도마스 마벨 씨가 말했다. 그러곤 벌떡 일어섰다. "어디 있는 거요? 정말 놀랐어!"

"놀랄 건 없어." 소리가 되풀이했다.

"그대는 곧 겁을 집어먹게 될 거야, 바보 자식." 도마스 마벨 씨의 말이다. "어디 있어? 어디 있다는 것만 알려 주구려……."

"땅 속에 파묻혔나?" 잠시 후에 도마스 마벨 씨가 말했다.

거기에도 아무 대답이 없었다. 도마스 마벨 씨는 맨발로 어리둥절해진 채 서 있었다. 재킷을 벗어젖힐 작정이었다.

"피이 윗." 멀리서 댕기물떼새 소리가 났다.

"정말 새 소리로군!" 도마스 마벨 씨가 말했다. "사람을 놀릴 때가 아니야." 도마스 마벨 씨는 말했다. 언덕진 들은 동서남북이 모두 황량했다. 옅은 도랑과 흰 경계선 말뚝을 따라 곡선을 그리면서 뻗어 있었고 북녘과 하늘조차 텅 비어 있었다.

"제발 살려 줘." 코트를 어깨에 고쳐 걸치면서 도마스 마벨 씨는 말했다. "술 때문인가 보지. 진작 알아야 했을 것인데."

"술 때문이 아니야." 소리가 말했다. "넌 정신을 차려야 해."

"오!" 마벨 씨는 탄식하고 나서 얼굴이 흰 종이처럼 창백해졌다. '술 때문일 거야.' 그의 입술은 여전히 소리 없이 되풀이하고 있었다. 사방을 살피고 나서 천천히 뒤로 머리를 돌렸다. "소리가 난 것만은 틀림없어." 그는 귓속말로 중얼거렸다.

"물론 들었어."

"또 나타났군." 마벨 씨가 말했다. 죽을 상이 되어 두 눈을 감고 머리에 손을 얹었다. 그러나 돌연 누가 목을 잡고 맹렬히 흔들었다. 마벨 씨는 더 한층 바보같이 되었다.

"정신 차려!" 소리가 말했다.

"나는― 간다― 천하의 바보 같은 놈!" 마벨 씨는 말했다. "저놈의 구두가 성을 내는 바람에 이 꼴이 됐어, 나는 저 망할 놈의 바보한테 걸려들었어. 아니면 귀신일 거야!"

"이것도 저것도 아니야." 소리가 말했다. "들어 봐!"

"바보!" 마벨 씨의 말이다.

"잠깐만." 자제하는 듯 등골이 서늘해지는 떨리는 목소리로 소리가 말했다.

"그래서?" 손가락이 가슴팍을 파고드는 듯한 이상한 감각에서 도마스 마벨 씨가 말했다.

"그대는 나를 환각처럼 생각하는 모양이로군. 단순한

상상으로만?"

"그것이 아니고 뭐란 말이야?" 목덜미를 문지르며 도마스 마벨 씨가 말했다.

"좋아." 안심한 음성으로 소리가 말했다. "그렇다면 내가 부싯돌(서섹스 지방에 흔한)을 집어던질 테니 맞아 보면 생각이 달라지겠지."

"하지만 그대는 어디 있는 거야?"

소리는 아무 말이 없었다. 윙! 부싯돌이 날아서 허공을 뚫고 마벨 씨의 어깨너머로 슬쩍 지나갔다. 부싯돌은 굽이치면서 공중으로 올라가더니 복잡한 코스를 잡아 잠시 떠 있는 듯하다가 거의 보일락말락할 정도의 속도로 발 있는 데로 떨어졌다. 하도 신기해서 몸을 돌이킬 여유가 없었다. 윙! 또 날아왔다. 돌은 맨발가락을 맞힌 다음 도랑으로 튀고 말았다. 마벨 씨는 한쪽 다리로 풀쩍 뛰면서 큰 소리로 고함쳤다. 그리고 달아나려고 했다. 그러나 보이지 않는 장해물에 부딪히자 거꾸로 나자빠지면서 본 위치에 주저앉았다.

"그래도." 세번째 돌멩이가 사나이의 머리 위로 호선(弧線)을 그으면서 공중에서 잠시 가만히 있는데 예의 소리가 말했다.

"내가 꿈 사람인가?"

마벨 씨는 대답하는 대신 일어서려고 했다. 다음 순간에는 다시 뒹굴고 있었다. 그는 잠시 조용히 그대로 있었다.

“더 설치면," 소리가 말했다. “부싯돌이 그대의 머리를 깨고 말 거야."

“근사한 장난이로군." 손으로 상처난 발가락을 쥐고 두 눈이 세번째 유도탄을 노리면서 일어나 앉아 도마스 마벨 씨가 말했다. “난 알 수 없어. 돌이 제 힘으로 날아가다니, 돌이 말을 하다니, 손을 내려 놔, 죽어 버려, 나는 손 들었어."

세번째 부싯돌이 떨어졌다.

“퍽 간단한 일이지." 소리가 말했다. “나는 투명인간이니까."

“알아듣도록 좀 얘기해 주구려," 고통에 질려 헐떡거리며 마벨 씨가 말했다. “그대는 어디 숨어 있는가? 어떻게 숨을 수 있는가? 나는 알 수 없단 말이야, 나는 손 들었어."

“그러면 됐어." 소리가 말했다. “나는 보이지 않아. 그대에게 알려 주려는 것이 바로 이 점이었어."

“누구든지 그것쯤은 알 수 있겠지. 그렇게 두서없이 서두를 건 없을 텐데. 선생님, 자, 그렇다면 설명을 바라오, 이떻게 숨는가를?"

“나는 보이지 않아, 그것이 중요한 점이지, 그리고 그대에게 보여 줄 것은 바로……."

“그러나 위치가 어디요?" 마벨 씨가 가로막았다.

“여기야. 그대가 있는 데서 여섯 피트 정면이지."

“오, 사람 살리구려! 난 소경이 아니거든, 다음에 가

서 그대는 희박한 공기에 불과하다고나 말할 거지. 나
는 당신처럼 무식한 부랑자는 아니니까.”

“옳아, 나는 희박한 공기다. 그대는 그것을 통해서 나
를 보고 있어.”

“뭐가 어째? 당신에겐 물체가 없단 말인가? 공연한
허설(虛說). 그것이 뭔데? 거짓말쟁이. 그렇지?”

“나는 단순한 하나의 인간이야. 틀림없는, 먹고 마셔
야 하는 인간, 몸을 가려야 하는 인간이거든……. 그러
나 나는 보이지 않아, 알았어? 보이지 않는다는 간단한
이론이야, 보이지 않는다는 건…….”

“무엇, 진짜 그대로?”

“응, 진짜 그대로.”

“그렇다면 당신의 손을 좀 보자꾸나,” 마벨이 말했다.
“만약 진짜 그대로라면 그렇게 허무맹랑한 일이 있을라
구. 자.”

“하느님이시여!” 그가 말했다. “나를 놀라게 하다니.
이렇게 나를 틀어잡으면서!”

그는 벌려진 손가락이 자기 팔을 한 손에 잡아 쥐는
것을 느끼면서 그것이 간지럽게 팔을 만지고 나서 남성
적인 가슴을 훑어 수염난 얼굴을 더듬는 것을 느꼈다.
마벨의 얼굴은 놀람 그대로였다.

“나는 손 들었어!” 그가 말했다.

“이런 식으로 하면 투계(鬪鷄)도 문제없어! 세상에
다시 없이 기묘한 일! 그래, 지금 나는 반 마일이나 떨

어져 있는 토끼도 똑똑히 볼 수 있는데! 그대는 전연 보이지 않고. 다만……."

그는 허공을 일부러 날카롭게 응시했다.

"당신은 빵이나 치즈를 먹지 않겠죠?" 그는 투명인간의 팔을 잡고서 말했다.

"그 말은 옳아, 그런 음식는 내 체질에 맞지 않아."

"아." 마벨 씨가 말했다. "말하자면 아무래도 도깨비 같애."

"물론, 이 모든 것이, 사실은 그대가 생각하는 반도 이상하지 않아."

"나와 같은 욕심 없는 인간에게도 이건 근사한 일인데." 도마스 마벨 씨는 말했다. "어떻게 해서 그렇게 할 수 있었소? 그렇게 하려면 어떤 약이 필요하오?"

"그 얘기를 하자면 너무 길어, 게다가……."

"솔직히 말해서 나는 정말 손 들었소." 마벨 씨가 말했다.

"지금 내가 하고 싶은 말은 단 한 가지, 그대의 힘을 빌려야겠어요. 그래서 여기로 왔소. 뜻밖에 그대를 만났어. 미칠 것같이 노염이 치밀어오르고 발가숭이가 되어 풀이 죽어서 나도 헤매고 있었지……. 나는 사람을 죽일 수도 있었지……. 그런데 당신을 발견했거든……."

"하느님이시여." 마벨 씨가 말했다.

"당신의 뒤를 따라왔지. 주저하면서 따라왔지."

마벨 씨의 표정은 감동적이었다.

"그래서 발을 멈춘 거야. '여기에 나와 같은 낙오자가 있군. 이 사람이 내가 찾고 있는 자로군.' 이렇게 나는 말했지. 그래, 되돌아서서 그대 앞에 나타난 거야."

"이것 봐, 그리고."

"하느님이시여." 마벨 씨가 말했다. "그러나 나는 머리가 빙빙 도는 것 같소. 알고 싶은 것이 뭐라 그랬죠? 그래, 나에게 무슨 힘을 빌리자는 거요? 안 보이는 친구!"

"내가 부탁하고 싶은 것은 옷과 잠자리와 기타 몇 가지요. 나는 그것 없이 너무나 오래 있었소. 만약 그대가 거부한다면 그렇게 한다면……. 하지만 그대는 해주겠지. 해줘야지."

"여길 보오" 마벨 씨는 말했다. "나는 너무나 겁을 집어먹었소, 이 이상 나를 치지 마시오. 그리고 나를 가게 해주시오. 약간의 휴식이 필요하니까. 당신 덕택에 발가락이 못 쓰게 될 뻔했소, 모두가 너무나 부당하오. 텅 빈 들, 텅빈 창공, 자연의 품 이외에 몇십 리 안에 보이는 것은 아무것도 없소. 천상에서 흘러온 소리! 그리고 돌멩이 다음에 주먹. 하느님이시여!"

"정신 차려." 소리가 말했다. "내가 하려는 일을 해주지 않으면 안 돼."

마벨 씨의 두 뺨에 주먹이 날아갔다. 두 눈이 휘둥그레졌다.

"나는 그대를 택했어." 소리가 말했다. "이곳 몇몇 바보 같은 작자들을 제쳐놓으면 세상에 투명인간의 존재를 이해할 수 있는 단 하나의 인간이니까. 그래, 나의 조력자가 되어 주오. 나를 도와주구려. 그러면 그대를 위해서 단단히 상을 줄 작정이야. 투명인간은 권세를 가진 자다." 그는 잠시 말을 멈추고 나서 맹렬하게 재채기를 해댔다.

"그런데 그대가 나를 배반하는 날에는," 그는 말을 계속했다. "내 명령을 이행하지 못하는 날에는……."

그는 말을 멈추고 나서 마벨 씨의 어깨를 보기좋게 두드렸다. 손이 닿자 마벨 씨는 공포에 질려 꽥! 소리를 질렀다.

"당신을 배반하지 않겠어요." 손가락이 닿는 방향으로 몸을 돌리며 그가 말했다. "무엇을 하시든지 그렇게는 생각하지 마시오. 다만 내가 해야 할 것을 일러만 주십시오. (하느님이시여!) 무엇이든 하고 싶은 일이 있다면 나로서는 가장 기쁜 마음으로 해보겠어요."

10 마벨 씨 아이핑으로 가다

회오리바람 같은 공포의 하루가 지나가자 아이핑에는 횡설수설이 늘어만 갔다. 회의론(懷疑論)이 돌연 머리를 추켜들었다. 약간 불안스러운 회의론이었다. 전연 근거가 있는 것은 아니었으나 그래도 회의론은 회의론이었다. 투명인간을 일소에 부쳐 버리는 편이 훨씬 간단했고 직접 그것을 목격한 사람도 기억이 회미해지고 그 괴물의 팔힘을 맛본 사람이면 겨우 두 손의 손가락 힘 정도로 과소평가하는 것이었다. 그리고 이들 목격자 가운데 웨저즈 씨가 즉시 자취를 감추어서 자기집 문고리와 살창을 닫아걸고 기어들어가고 말았는가 하면, 제이프스도 역마관 응접실에서 공포에 질린 채 드러눕고야 말았다. 체험을 초월한 거창하고도 기묘한 생각이란 일반 사람들에겐 그보다 비교가 안 될 만큼 작은 문제이면서 보다 더 짐작 이상으로 간과되기가 일수다. 아이핑은 화려한 깃발이 휘날리고 모두들 명절옷을 입고 있었다. 작은 월요일은 한두 달 앞서부터 기다리던 날이었다. 그래서 오정때가 지날 무렵에 가서는 보이지 않는 괴물을 사실인 줄 알고 있는 사람들까지 조그만 노름에 일시적이나마 기분이 동했는지 벌써 지나가 버린 일처럼 생각하고 회의적인 사람에 대해서는 벌써 농담조로 나오기까지 했다. 그러나 모두들— 회의주의자건 신봉자건 다같이— 온종일 유난히도 흥겹게 놀았다.

헤이먼네 목장에 천막이 들어서서 유쾌했다. 방안에서는 번팅 부인 이하 몇몇 부인들이 차를 끓이고 있었고 그러는 동안 밖에서는 어린 학생들이 달음박질을 하고 목사님과 카스 부인과 색버트의 수다스러운 감독 아래 노름을 하고 있었다. 물론 거기에는 다소의 불안스러운 공기가 없는 바는 아니었으나 십중팔구 그들은 여태껏 체험한 정신적 불안을 밖에 나타내지 않으려는 재치쯤은 있었다.

네시경에 낯선 사나이 하나가 들에서 이 마을로 들어왔다. 그는 몸이 작달막하고 야무지게 생겼고 보기에 흉할 정도로 낡아빠진 모자를 쓰고서, 게다가 숨이 막힌 것이 아닐까 걱정스러울 정도로 헐떡거리고 있었다. 반점이 꾀죄죄한 얼굴은 불안에 차 있었고 그의 거동에는 부자유스러운 데가 있었다. 양쪽 뺨은 근육이 교대로 늘어졌다 긴장했다 하는 것이었다. 사나이는 교회당 모퉁이를 돌아 역마관 쪽으로 방향을 돌렸다. 여러 사람과 함께 플레처 할아버지가 목격한 바에 의하면, 이 늙은이는 사나이의 기묘한 흥분에 어찌나 놀랐던지 그것을 구경하고 있는 사이에 상당한 분량의 회(灰) 반죽이 들고 있던 솥을 흘러 웃옷소매 밑으로 흘러내려가는 것도 모르고 있었다.

이 수상한 사나이는 사격장 주인의 눈에 띈 바에 의하면 혼잣말로 중얼거리는 것같이 보였다는데, 헉스터 씨도 동일한 증언을 했다. 역마관 계단 입구에서 발을 멈추었다는데, 같은 헉스터 씨의 말에 의하면 기어코 집안으로 몸을 들여놓는 데 있어서는 심각한 내면적 암투가 엿보이더라는 것이다. 드디어 그는 계단을 올라가서, 헉스터 씨의 말에 의하면 왼쪽으로 돌아서 응접실 문을 열었다. 헉스터 씨는 실내로부터 바에서 사나이가 잘못 찾아왔다는 사람 소리를 들었다.

"그 방은 개인용이요." 홀이 말했다. 그러자 사나이는 어색한 솜씨로 문을 닫고서 바로 들어섰다.

몇 분이란 시간이 흘러간 뒤에야 손등으로 입술을 닦으면서 그는 다시 나타났다. 헉스터 씨가 추측한 것처럼 얼굴에 만족의 빛을 띠고 있는 것이 약간 인상적이었다. 잠시 사방을 돌아보고 나서, 헉스터 씨가 목격한 바에 의하면 사람들의 눈을 피하는 듯한 기묘한 거동으로 응접실 창문을 향한 정원 입구로 걸어갔다. 사나이는 약간 망설인 다음 문 담벽에 몸을 기대어 목이 짧은 토기(土器) 파이프를 꺼내어 담배를 쑤셔 넣기 시작했다. 담배를 넣는 동안 손가락이 떨리고 있었다. 어색한 솜씨로 불을 붙이고 나서 팔장을 끼고 한가로운 태도로 담배를 피우기 시작했다. 그러나 가끔 정원 쪽으로 날랜 눈초리를 던지는 품이 한가란 일종의 허세임을 알 수 있었다.

이 모든 광경을 헉스터 씨는 담배가게 창문의 양철통 너머로 내다보았고, 그 사나이의 기묘한 거동은 거의 눈에서 벗어나지 못했다.

그러다가 사나이는 돌연 일어서서 파이프를 포켓에 집어넣었다. 그러곤 정원 안으로 종적을 감추었다.

여기에 이르러 헉스터 씨는 작은 방화범(放火犯)이나 잡은 듯이 카운터에서 뛰어나와 도둑을 중간에서 가로챌 양으로 한길 쪽으로 달려갔다. 그러는 사이에 마벨 씨가 다시 나타났다. 모자를 비스듬히 쓰고 한 손에 하늘색 테이블 크로스로 싼 커다란 짐을 들고 또 한 손에 한데 묶은 책 세 권—나중에 알려진 사실이지만 끈은 목사님 댁 물건이었다—을 쥐고 있었다. 정면으로 헉스터와 맞서자 그는 숨이 찬 모양으로 급히 왼쪽으로 발길을 돌리고서 달아나기 시작했다.

“도둑놈을 잡아라!” 헉스터는 고함치면서 그 뒤를 쫓아갔다.

헉스터 씨의 인상은 생생하고도 짧은 것이었다. 그는 사나이가 바로 눈앞에서 재빠른 걸음으로 교회당 모서리를 돌아서 한길로 달아나는 것을 목격했다. 멀리 마을의 깃발과 명절놀음이 바라다보이고 이 사나이에게 주의하는 사람이라고는 한두 명밖에 없었다. 그는 다시 “도둑을 잡아라.” 호통치면서 용감하게 따라갔다.

그가 열 발자국도 달리기 전에 이상하게도 정강이를 잡혔다. 그러자 길 위를 달아나는 대신 비상한 속도로 허공을 날고 있었다. 땅이 돌연 머리 아래로 다가오는 것이 보였다. 온 세계가 주마등처럼 수천 수만의 빛가루〔粉〕가 되어 빙빙 돌면서 번쩍이는 것 같았다. 그리고 그 다음에 일어난 것은 그에게 흥미 없는 일이었다.

11   역마관에서

이제 역마관에서 어떤 일이 일어났는가를 똑똑하게 알려면 마벨 씨의 그림자가 처음으로 헉스터 씨의 창문 앞에 나타났을 바로 그 순간으로 돌아갈 필요가 있다.

　바로 그 순간에 카스 씨와 번팅 씨가 응접실에 있었다. 그들은 아침에 발생한 이상한 사건을 철저히 조사하는 중이었고, 홀 씨의 승인 아래 투명인간의 소지품을 일일이 조사하고 있었다. 제이프스는 낙상(落傷)에서 약간 회복하였고, 인정 많은 친구들의 부축으로 이미 집으로 돌아갔었다. 사나이의 흐트러진 옷가지는 홀 부인의 손으로 다른 곳에 옮겨졌으며 그래서 실내가 깨끗하게 정리되었다. 창 밑, 사나이가 항상 일하던 테이블에서 카스는 일기라고 딱지가 붙은 원고 세 권을 당장에 발견했다.

　"일기로군!" 카스는 책을 테이블 위에 놓으면서 말했다. "이제, 여하튼 약간의 단서를 잡을 수 있겠지." 목사는 두 손으로 책상을 짚으며 일어섰다.

　"일기로군." 카스는 앉으면서 세번째 일기를 지탱하기 위하여 두 권을 밑에 받치고 책장을 펴면서 말했다.

　"흥, 책꽂이에도 이름이 없군. 제기랄. 암호, 그리고 숫자뿐이니."

　목사가 다가와서 어깨너머로 들여다보았다. 카스가 책장을 넘기면서 돌연 실망한 표정을 지었다.

　"나로선. 이것 봐! 전부가 암호입니다. 목사님."

　"도표는 없소?" 번팅 씨가 물었다. "단서가 될 만한 그림도 없소?"

　"목사님께서 보시구려." 카스 씨가 말했다. "일부분은 수학이고 일부 노서아말인가 뭔가(글자만 보고서) 일부

는 그리스 말이야. 그런데 그리스 말이라면 내 생각으
론, 목사님."

"물론이죠." 안경을 꺼내어 닦으면서 번팅 씨는 말했
으나 돌연 여간 어색한 표정이 아니었다. 사실 이렇다
할 만한 그리스 말이 머리에 떠오르지 않았다. "응. 그
리스 말이면 물론이지, 단서가 나올 만한 것은."

"어딘가 찾아내 보시죠."

"차라리 먼저 전부를 훑어봐야겠소." 여전히 안경을
닦으면서 번팅 씨가 말했다. "당신도 아다시피 먼저 전
체의 인상을 잡고 나서 다음에 단서를 캐나가기로 합시
다."

목사는 기침을 하고 나서 안경을 끼고 책을 열심히
정리하면서 한 번 더 기침을 하고 나서, 어떻게 하면
이 난처한 입장을 모면할 수 있을까 생각했다. 그때 정
말 무슨 일이 일어나고 말았다.

문이 스르르 열렸다.

두 사람은 깜짝 놀라서 사방을 돌아보는데, 토실토실
한 실크 모자를 썼고 얼굴이 점점이 붉은 한 사나이를
발견하자 안심이 되었다.

"술집이 여기요?" 사나이가 눈을 동그랗게 뜨며 말했
다.

"아니오." 두 신사가 동시에 말했다.

"저쪽이오. 여보시오." 번팅이 말했다.

"그리고 제발 문을 닫아 주시요." 카스는 화를 내며

말했다.

"좋소." 사나이가 말했다. 그것은 처음에 물어 볼 때의 쉰 음성과는 기묘하게도 딴판인 나지막한 소리였다. "여기 있군." 사나이는 다시 쉰 목소리로 말했다. "비켜서." 하고 나서 사나이가 사라지고 문이 닫혔다.

"내가 보기엔 선부(船夫) 같은데." 번팅 씨가 말했다. "재미있는 친구로군! 비켜서라. 방에서 나갈 때에 하는 선부들의 말 같애."

"나도 그렇다고 보오." 카스가 말했다. "오늘 내 머리가 정말 이상해. 나는 깜짝 놀랐어. 도어가 스르르 열리는 바람에."

번팅은 자기만은 놀라지 않았던 것처럼 빙그레 웃었다. "자, 그러면." 그가 한숨을 쉬며 말했다. "책으로 돌아가세."

"잠깐만." 카스는 말하고 나서 걸어가 문을 잠갔다. "이젠 아무도 들어오지 않겠지."

이렇게 말하고 있는데 누가 재채기를 했다.

"한 가지만은 틀림없어." 번팅은 카스 옆으로 의자를 잡아당기면서 말했다. "요 며칠 전부터 아이핑에서 자못 기묘한 일들이 일어나기 시작한 것은 사실이지. 자못 기묘한 일이. 물론 나로서는 사람이 보이지 않는다는 우스꽝스러운 애긴 아예 믿지 않지만."

"믿을 수 없어." 카스가 말했다. "믿을 수 없어."

"그러나 내가 봤다는—정말 저 소매 밑을 들여다봤다

는 사실만은 움직일 수 없지.”

“그러나 그럴 수 있을까? 가령 거울이라든가…… 망상이라는 것은 아주 간단하게 장난질할 수 있거든. 자네는 아직 정말 기막힐 재주를 부리는 요술쟁이는 못 봤겠지?”

“이 이상 시비는 그만두겠어.” 카스가 말했다.

“이제 그것을 캐낸 셈이야. 목사님, 그래 여기에 이 책이 있으니…… 아! 여기에 내가 보는 바에 의하면 그리스 말이! 그리스 글자가 있으니, 정말이야.”

그는 책장 중간을 가리켰다. 번팅은 약간 얼굴을 붉히면서 자기 얼굴을 가까이 갖다 대었다. 안경이 잘 보이지 않는 것처럼. 귀가 작은 목사는 그리스어에는 도저히 자신이 없었다. 그러면서도 교회 밖의 모든 사람들이 그리스 말과 헤브라이 말에 대한 자기의 실력을 단단히 평가하고 있다는 것을 잘 알고 있었다. 그런데 지금 고백해야 할 것인가? 우물쭈물 넘어갈까? 난데없이 그는 목덜미에 이상한 감각을 느꼈다. 그는 목을 움직이려고 했다. 그러자 꼼짝 못할 힘에 부딪히고 말았다.

그 감각은 기묘한 압력이었다. 굵고 억센 손이 잡아당기는 힘이었고, 그것이 목사님의 턱을 불가항력으로 테이블 위에다가 눌러대는 것이었다.

“움직이면 안 돼, 작은 친구.” 어떤 소리가 귓속말로 말했다. “그렇지 않으면 모가지가 두 개로 날아가고 말게다!"

그는 바로 옆에 있는 카스의 얼굴을 들여다보았다. 그리고 자기 자신의 병적인 놀람 그대로가 거기에 있는 걸 보았다.

"모질게 주무르게 되어 미안하이." 소리가 말했다.

"그러나 어쩔 수 없어. 언제부터 그대들이 개인의 수기(手記)를 훔쳐보려 했는가."

소리가 말하면서 두 개의 턱이 동시에 테이블을 쳤다. 두 사람의 치아가 한데 부딪혔다.

"언제부터 그대들은 불운에 빠진 한 인간의 개인용 거실을 무단침입했는가?"

그러자 한 번 더 부딪히는 소리가 났다.

"내 옷을 어디 두었는가? 잘 들어," 소리가 말했다.

"창문은 꼭 닫혀 있고 문의 열쇠는 내 손에 들어 있다. 나는 힘깨나 쓰는 사람이다. 게다가 알맞은 부지깽이까지 가지고 있는데. 또 보이지도 않는다. 내가 한다면 그대들 둘 다 죽이고 떠나는 건 문제없어, 알겠어? 됐어, 그 대신 놓아 줄 테니 쓸데없는 생각은 아예 하지 말고 내가 하라는 대로 해야 해!"

목사와 의사 선생은 서로 얼굴을 바라보았다. 그러자 의사가 얼굴을 들었다.

"좋습니다." 번팅 씨가 말하자 의사가 되풀이했다. 동시에 목을 누르던 힘이 풀렸다. 의사와 목사는 얼굴이 새파랗게 질린 채 머리를 버둥거리며 일어나 앉았다.

"앉은 자리에서 움직이면 안 돼." 투명인간이 말했다. "보라, 이 부지깽이를. 내 이 방에 들어오기 전만 해도," 투명인간은 부지깽이를 두 사람의 코 끝에 갖다 대고서 말을 계속했다. "이 방에 그대들이 있을 줄은 생각하지 않았어. 그래, 나의 수기뿐만 아니라 옷 한 벌쯤은 찾을 수 있으리라 기대했었지. 그것이 어딜 갔나? 일어서면 안 돼. 보니까 어딜 간 거로군. 지금 이 순간만 해도, 낮이면 보이지 않는 사람으로선 벌거숭이로 돌아다녀도 더운 편이지만 그러나 밤이 되면 춥단 말이야. 나는 옷이 필요해. 그리고 여러 가지 소지품도. 그 밖에 여기에 있는 책 세 권도 가져가야겠어."

12　투명인간 화를 내다

여기까지 와서 다시 얘기가 중단되지 않을 수 없다는 것은 얼마 안 가서 명백히 할 수 있는, 자못 가슴 아픈 이유에서이다. 지금 얘기한 사건이 응접실 안에서 진행 중인 시간에 그리고 마벨 씨가 문에 기대어 담배를 피우는 것을 헉스터 씨가 감시하고 있는 동안에 거기서부터 몇 발자국 떨어지지 않는 곳에 홀 씨와 테디 헨프리는 문제의 아이핑 사건을 가지고 동문서답을 하고 있었다.

그때 돌연 응접실 문이 꽝 하고 맹렬히 부딪히는 소리가 나고, 날카로운 고함소리가 뒤이어 일어났다. 그리고 다시 조용해졌다.

"여보시오!" 테디 헨프리가 말했다.

"여보." 바에서 대답이 왔다.

홀 씨는 모든 것을 천천히, 그러나 틀림없이 대하는 성품이었다.

"저건 이상한데." 그는 말하고 나서 바 뒤를 돌아 응접실 문을 향해서 걸었다.

그는 조심스럽게 발을 떼면서 테디와 동시에 문 있는 데로 갔다. 두 사람의 시선은 생각에 잠겨 있었다. "약간 이상한데." 홀이 말하면 헨프리도 그렇다고 머리를 끄떡끄떡했다. 불쾌한 냄새가 코를 찔렀다. 그러자 매우 재빠르고 조용한 입을 가리운 듯한 대화 소리가 새어나왔다.

"괜찮을까?" 홀이 문을 두드리며 물었다.

중얼거리던 말소리가 돌연 끊어지고 잠시 아무 말이 없었다. 그러자 다시 대화가 쉬쉬하는 귓속말로 시작되었다가 "아니야! 아니라니까." 하는 날카로운 고함소리로 변했다. 난데없는 움직임이 일어나고 의자가 넘어지면서 잠시 씨름을 하는 것이었다.

다시 조용해졌다.

"이제 뭐야!" 헨프리가 소리를 질렀다.

"자네 괜찮은가?" 홀 씨가 날카롭게 물었다.

목사가 이상하게 야릇한 어조로 대답했다.

"옳아, 제발 가만 있게."

"이상해!" 헨프리 씨가 말했다.

"이상해!" 홀 씨도 동의했다.

"가만히 있으라니까." 헨프리가 말했다.

"소리가 들려." 홀이 말했다.

"게다가 재채기까지." 헨프리가 말했다.

그들은 그 자리에서 귀를 기울였다. 대화는 빠르고 조용했다.

"난 할 수 없어요." 번팅 씨의 소리가 높아진다.

"정말, 나는 못하겠소."

"저게 뭐야?" 헨프리가 묻는다.

"못하겠다는 거지." 홀의 말이다. "우리한테 말하는 건 아니야."

"추악한 일이오!" 실내에서 번팅 씨가 말했다.

"추악한 일이오." 헨프리 씨가 말했다. "난 들었어— 똑똑하게."

"지금 말한 이가 누구지?" 헨프리가 물었다.

"카스 씨 같아." 홀이 말했다. "들리지 않소. 아무것 도?"

침묵, 실내의 소리는 희미하고 종잡을 수 없었다.

홀 부인이 바 저쪽에서 나타났다. 홀은 가만히 오라 고 손짓을 했다. 홀 부인의 주부다운 반항심을 자극했 다.

"여보, 거기서 뭘 그렇게 듣고 있는 거요?" 그녀가 물 었다. "달리 할 일이 그렇게 없나요? 이 바쁜 세상에."

이쪽에서는 얼굴을 찌푸리고 손가락을 내저어 보이면서 온갖 짓을 다하여 알리려 했지만 홀 부인은 모르는 체했다. 그녀는 음성을 높였다. 그래서 홀과 헨프리는 아무 말도 못하고 바 있는 곳으로 살며시 발을 디디고 돌아와서 숨을 헐떡거리면서 설명했다.

부인은 우선은 일체 부인하려고 들었다. 그리고 홀에게 입을 다물라고 우겨대는 사이에 헨프리가 얘기를 했다. 그녀는 이것을 모두 장난같이 생각하고 싶었다. 아마 그들이 가구를 들먹거리고 있었던 것이 아닐까 생각했다.

"내 귀로 '추악한 일이오.'라고 하는 소리를 들었다니까, 정말이야." 홀이 말했다.

"나도 그 소리를 들었소, 부인." 헨프리도 말했다.

"그렇지 않을 텐데." 홀 부인이 말을 꺼냈다.

"쉿!" 테디 헨프리 씨가 말했다. "창문 소리가 들리는 것 같아서."

"어느 창문 말이에요?" 홀 부인이 물었다.

"응접실 문 말이오." 헨프리가 말했다.

모두들 조심스럽게 귀를 기울이며 서 있었다. 홀 부인은 시선을 정면으로 보지 않고 돌렸다. 여관 문의 찬란한 타원과 희게 뻗어진 길과 6월의 일광 아래 반짝이는 헉스터네 가게 정면이 거기에 있었다. 난데없이 헉스터네 집 문이 열리며 흥분에 둥그레진 눈을 하고 팔을 휘두르면서 헉스터 씨가 나타났다.

"앗!" 헉스터가 소리를 질렀다.

"도둑을 잡아라!" 하고는 타원형의 정원 문을 가로질러 기웃거리며 달아나다가 사라졌다.

이와 동시에 응접실로부터 소동이 일어나고 창문을 닫는 소리가 났다. 홀, 헨프리 그리고 술집에 있던 모든 사람들이 한꺼번에 한길을 향하여 뒤죽박죽이 되어 뛰어나왔다. 그들은 누가 모서리를 돌아 한길로 내려가는 것을 보았다. 그런데 헉스터 씨는 기묘한 자세로 뛰어내린 것은 좋았으나, 얼굴과 어깨가 땅바닥에 부딪히고 말았다. 한길 저편에 있던 사람들은, 어리둥절해진 채 서 있지 않으면 이쪽으로 달려왔다.

헉스터 씨는 녹아 떨어졌다. 헨트리가 그것을 발견했으나 홀과 술집에 있던 두 사람의 노동자는 구석으로 달려가서 두서없는 소리를 지르고 있었다. 보아하니 마벨 씨가 교회 담 모서리로 자취를 감추어 버렸다.

그들은 순간적으로 투명인간이 돌연 형태를 나타낸 것으로 속단했다. 그래서 모두들 길을 뒤쫓아 추격이 시작되었다. 그러나 헨트리가 열 발자국도 달려가기 전에 크게 놀란 소리를 지르면서 노동자 한 사람을 붙잡고 내동댕이치고 말았다. 흡사 축구할 때 공격을 받는 것처럼 그도 공격을 받았던 것이다. 나머지 노동자가 빙 돌아 나타나더니 이 광경을 응시하고 나서 홀이 제 바람에 넘어진 줄 알고 추격을 계속했다. 그러나 그 역시 헉스터와 마찬가지로 발목을 채여 쓰러져 버렸다.

그러자 첫번째 노동자가 일어서려고 몸부림치는데 도끼가 떨어지는 것과 같이 주먹이 옆구리를 치고들어왔다.

이렇게 내려가는 가운데 마을의 광장 쪽으로 달려오는 군중이 바로 그 모서리를 향해서 돌았다. 첫번째 나타난 것이 하늘색 웃옷을 걸친 거창한 사격장 주인이었다. 텅빈 길가에 세 사람의 사나이가 창피하게도 땅바닥을 기어가고 있는 것을 목격하고서 그는 놀랐다. 그러자 그때 뒷발에 무슨 변괴가 일어나 거꾸로 넘어져 옆으로 떼굴떼굴 굴렀다.

바로 뒤에서 같은 변괴를 당한 자기 동생과 동업자의 다리를 향해서 그는 쓰러진 채 두 눈을 부릅떴다.

뒤이어 두 사나이는 발길에 채여 무릎을 꿇고 넘어지면서 무슨 영문인지도 몰라서 욕만 하고 있었다.

이때 홀과 헨프리와 노동자가 집에서 달려나오고 있었는데, 홀 부인은 오랜 경험 끝에 얻은 어떤 감각으로 돈상자가 들어 있는 데서 멀지 않은 바에 그냥 남아 있었다. 그러자 난데없이 응접실 문이 열리고 카스 씨가 나타났다. 그리고 그녀는 보지도 않고 계단을 뛰어내려 구석으로 달려갔다.

"녀석을 잡아라!" 그가 소리를 질렀다. "보자기를 떨어뜨리지 않도록 해라. 보자기를 손에 들고 있는 한 녀석이 어디에 있는지 알 수 있으니까."

그는 마벨이란 인물이 있다는 것은 몰랐다. 투명인간은 벌써 책과 보자기를 정원에서 마벨에게 넘겼다. 카스 씨의 얼굴은 노여움과 결단에 차 있었고 옷은 기묘한 차림이었다— 그것은 그리스 사람들이 입는 저 특수한, 풀을 하지 않은 흰 치마 같았다.

"잡아라!" 그가 울부짖었다. "녀석이 내 바지를 빼앗아 갔어. 게다가 목사님의 옷을 몽땅 벗겨갔단 말야!"

"저이를 봐드려!" 녹아 떨어진 헉스터를 지나 모서리를 돌아서 난장판에 끼여들면서 그는 헨프리로 보고서 말했다. 그러나 다음 순간에 그는 다리를 얻어맞아 창피하게 두 손으로 땅을 짚고 말았다. 누가 높은 데서 뛰어내리면서 손가락을 밟았다. 그는 고함을 지르면서 일어서려고 애썼으나 다시 얻어맞고서 큰 대자로 뻗고 말았다. 그리고 비로소 자기는 지금 누구를 잡는 것이 아니라 얻어맞는 판이라는 것을 알게 되었다. 모두들 다시 마을 쪽으로 달아나고 있었다. 그는 다시 일어섰다. 그리고 역마관으로 되돌아가는 중이었다. 겨우 일어나 앉은 가련한 헉스터를 뛰어넘었다.

이렇게 여관 계단을 반쯤 올라왔을 때 뒤에서 그는 돌연히 터져나오는 분노의 소리를 들었는데, 그것이 뭇 소리 가운데서 날카롭게 커지면서 누군가의 얼굴이 철썩 얻어맞는 것이었다. 그것은 투명인간의 소리 같았고, 그 음성은 몹시 얻어맞은 데서 돌연히 분격한 나머지 나온 소리였다.

다음 순간에는 카스 씨가 응접실로 돌아왔다.

"그녀석이 되돌아오는 중이오, 번팅." 뛰어들면서 그

가 말했다.

"당신 목숨이나 보존하시오!"

번팅 씨는 창 위에 올라서서 난로 앞에서 양탄자와 잡지책으로 몸을 가리고 있는 중이었다.

"들어오는 것이 누구요?" 그가 말했다. 얼마나 혼쭐이 났던지 가린 것이 흩어지지 않는 것만이 다행이었다.

"투명인간!" 카스가 말하고 나서 창문을 향하여 뛰어올라갔다. "모두들 여기를 나오는 것이 좋겠소. 그녀석이 미친 듯이 싸우고 있어. 미친 듯이!" 곧이어 그는 정원으로 나와 있었다.

"제기랄!" 두 가지 무서운 선택 앞에 주저하면서 번팅 씨가 말했다. 그는 여관 입구에서 죽어라고 싸우는 소리를 들었고, 그래서 결정을 내렸다. 창에서 뛰어내리자 재빠르게 몸에 걸친 것을 여미고 나서 뚱뚱하고 작은 다리야 날 살리라고 마을 편으로 쏜살같이 달아났다.

투명인간이 분노의 비명소리를 내고 번팅 씨가 마을 쪽으로 인상적인 도망을 친 다음 순간부터는 아이핑에서 일어난 일을 조리 있게 설명할 수 없게 되었다. 투명인간의 본 의도가 옷가지와 책을 쥔 마벨의 퇴로(退路)를 보장하려는 단순한 것이었음은 추측할 수 있었다. 그것이 이제 와서 단순히 사람을 내리치고 집어던

짐으로써 상처를 내는 데 만족을 느끼는 것으로 발전하고 말았다.

온 길바닥을 사람이 달아나고, 문이 요란스럽게 닫혀지고, 서로 도망칠 장소를 향하여 싸우고 있는 광경을 그려 보라. 투명인간은 잠시 동안 역마관의 모든 창문을 신이 나서 부셔 버렸다. 그러고 나서 글로그램 부인댁 응접실 창문으로 가로 램프를 내밀었다.

앤더슨 로(路)에 있는 하긴즈 댁 바로 건너편 애더딘으로 뻗친 전화선을 끊어 버린 것도 그 사나이였다. 그러고 나서는 그 기묘한 위력을 발휘하여 그는 인간의 감각과는 아무런 관계도 없는 다른 세계로 완전히 가버린 셈이었다. 그야말로 아이핑에서는 이 이상 들리지도 보이지도 느낄 수도 없는 존재가 되었다.

그는 완전히 사라지고 말았다.

그러자 두 시간이 거의 지나고 나서야 저 황량한 아이핑 한길에 사람들이 다시 나타나기 시작했다.

13 마벨 씨, 사의를 표명하다

저녁, 어둠이 짙어지고 아이핑 사람들이 조심스럽게 명절날의 지저분한 파손물을 내다보기 시작할 무렵, 초라한 실크 모자를 쓰고 작달막한 키에 몸이 뚱뚱한 사나이가 희미한 어둠 가운데 브람블허스트로 통하는 너도밤나무 길을 터벅터벅 걸어가고 있었다. 그의 손에는 늘어지는 꽃실로 묶은 세 권의 책과 하늘색 테이블 크로스로 싼 짐이 들려 있었다. 사나이의 얼굴에는 홍당무 같은 불안과 피로의 빛이 역력했다. 발걸음도 빨랐다 느렸다 불규칙했다. 그는 자기 이외에 소리와 동행하는 중이었으며, 이따금씩 보이지 않는 손이 닿자 인상을 찌푸리는 것이었다.

"하느님이시여!" 마벨 씨가 말했다. "그쪽 어깨는 상처투성이라오."

"나 자신을 위해서는," 소리가 말했다. "그대를 죽여야겠어."

"난 한 번도 도망칠 생각은 없었어요." 마벨은 눈물이 글썽해서 말했다. "절대로 없었어요. 그러나 그런 봉변을 당할 줄은 몰랐죠, 그뿐이오! 그런 봉변을 당할 줄 누가 알 수 있어야지? 이걸 보시오, 어디를 얻어맞았는가."

"괜찮다면 얼마든지 때려 줄 테야." 소리가 말했다. 그러자 마벨 씨가 순간 조용해졌다. 한숨을 지으며 두 눈에는 실망의 빛이 완연했다.

"그대가 내 책을 가지고 달아나지 못하고 저 바보 같은 촌놈들의 손에 내 비밀이 알려졌다는 것은 큰 변이거든, 그녀석들이 나타나 버렸기에 다행이었어! 그래서 무사했지. 아무도 내가 보이지 않는다고는 생각하지 않을 거야. 그런데 지금부터 무엇을 할까 보냐?"

"무엇을 할까 보냐?" 마벨은 소리를 죽여 말했다.

“모두지. 신문에 날 거야! 세상 사람들이 나를 찾겠지. 모두들 경계…….” 소리가 어처구니없는 저주로 변하더니 그치고 말았다.

마벨 씨의 절망은 한층 더 심각해졌다. 그러자 발걸음이 느려졌다.

“빨리 가.” 소리가 말했다. 마벨 씨의 얼굴이 희었다 붉어졌다 했다.

“책을 떨어뜨리지 말게, 바보 같은 친구.” 소리가 날카롭다.

“사실,” 소리가 말했다. “너를 이용해야겠어. 그대는 가련한 도구야. 하지만 할 수 없어.”

“나는 가련한 도구라오.” 마벨이 말했다.

“그렇다.” 소리가 말했다.

“당신의 소원 그대로 천하의 바보라오.” 마벨이 말했다. “나는 건강한 축이 못 되오.” 비통한 침묵 끝에 그가 말했다. “나는 그다지 건강한 축이 못 되오.” 그는 되풀이했다.

“그래?”

“게다가 심장이 약해요. 이번 소란을 말하더라도, 물론 끝까지 해내긴 했지만, 생각해 보시오! 하마터면 떨어뜨릴 뻔했죠.”

“그래서?”

“당신이 요구하는 일을 수행하는 데 적당한 신경도, 완력도 갖지 못했어요.”

"내가 용기를 주지."

"그만두었으면 해요. 아시다시피 나는 당신의 계획을 망치고 싶지 않아요. 그러나 망치게 될는지도 모르죠."

"이런 공포와 불행의 도가니 속에서는 그런 생각은 집어치워." 조용히 힘을 주며 소리가 말했다.

"차라리 죽는 편이 낫겠어." 마벨이 말했다. "이건 옳지 않아요." 그는 말했다. "당신도 인정해야겠지만 나도 완전한 인권을 가졌단 말이오."

"앞으로 가." 소리가 말했다. 마벨 씨의 발이 빨라졌다. 잠시 동안 다시 그들은 말이 없었다.

"세상에 이런 고된 일은……." 마벨 씨가 말했다.

이 말 정도는 반응이 없었다. 그래서 다른 얘기를 끄집어냈다. "그러면 내게 무엇이 돌아오죠?" 그가 말머리를 끄집어냈다.

"닥쳐!" 벌컥 화를 내며 소리가 말했다. "해롭게는 안 할 테니, 시키는 대로만 해. 그것은 할 수 있어, 그대가 천하에 바보란 건 알지만 할 수 있어."

"알려드릴 말씀은, 전 그런 일에 적당한 성품이 아니거든요. 점잖은 체면에, 하지만 그렇지 않다는 것이니……."

"닥치지 않으면 네 팔목을 비틀고 말 테야." 투명인간이 말했다. "뭘 생각해 봐야겠으니까."

그러는 중에 나무 사이로 두 개의 동그란 노란 불빛이 바라다보이면서 모난 교회당의 첨탑이 거기서 나타났다.

"내 손으로 그대의 어깨를 잡아야겠어." 소리가 말했다. "저 마을을 빠져나가는 동안, 똑바로 가되 어리석은 짓을 하면 용서치 않을 테야. 그러면 너에게 좋지 못해."

"알겠어요," 마벨은 한숨을 지었다. "잘 알겠어요."

케케묵은 실크 모자의 이 불쌍한 사나이의 모습이 짐을 쥔 채 조그만 마을길을 지나갔다. 그리고 창문에서 흘러나오는 불빛 저쪽, 짙어가는 어둠 속으로 사라지고 말았다.

14   스토 항구에서

이튿날 아침 열시, 수염이 길어 꾀죄죄한 여행의 자취를 엿보이면서 마벨 씨는 두 손을 포켓에 틀어넣고서, 퍽 피로하고 불안스러운 얼굴에 두 뺨을 와들와들 떨면서 포트 항구 교외의 어느 작은 여관 밖의 벤치에 앉아 있었다. 옆에 책이 있었으나 이제는 끈으로 묶여 있었다. 보지기는 투명인간의 계획이 변경되어 브람블허스트의 솔밭에 버리고 왔다. 마벨 씨는 벤치에 앉아 있었고 아무도 그쪽으로 주의하는 사람이 없었으나 그의 흥분은 열병환자처럼 여전했다. 두 손이 이따금씩 기묘하고도 불안스러운 동작을 하면서 여러 군데 포켓을 더듬었다.

약 반 시간쯤 이렇게 앉아 있는데, 한 늙은 선원이 신문을 들고 여관을 나와 그의 옆에 앉았다.

"좋은 날씨로군." 선원이 말했다.

마벨 씨는 공포에 가까운 눈초리로 주위를 살피는 것이었다.

"정말." 그는 말했다. "계절로선 적당한 날씨죠." 선원은 찬성하는 말투였다.

"정말." 마벨 씨가 입을 열었다.

선원은 이쑤시개를 꺼내어 몇 분 동안 그것으로 시간을 보냈다. 그러면서 먼지투성이가 된 마벨 씨와 그 옆에 놓인 책을 훑어보았다. 선원이 마벨 씨에게로 왔을 때에 포켓에서 동전이 짤랑거리는 것 같은 소리가 들려왔다. 그래서 마벨 씨의 모양과 돈이 많을 것 같은 느낌과의 엄청난 대조에 놀라고 말았다. 그러자 자기의 상상을 여지없이 지배하고 있는 화제로 되돌아갔다.

"책이로군?" 이쑤시개를 요란스럽게 놀리고 나서 그가 말했다.

마벨 씨가 깜짝 놀라며 책으로 눈이 갔다. "네, 글쎄요." 그가 말했다. "그럼, 책이죠."

"책에는 기묘한 얘기가 많지."

"그렇죠."

"게다가 거기서 기묘한 일이 생기는 법이지."

"사실, 그럴 수 있죠." 마벨 씨가 말했다. 그리고 상대방을 쳐다보고 나서 이번에는 자기의 주위를 돌아보는 것이었다.

"예를 들면 신문에는 가끔 기묘한 기사가 실리지." 선원이 말했다.

"아!" 마벨 씨가 소리를 내었다.

"여기 그런 기사가 있거든." 선원이 말했다. 마벨 씨를 노려보는 듯한 눈초리는 의미심장하게 움직이지 않았다. "예를 들면 투명인간에 관한 기사가 있지."

마벨 씨의 입이 비스듬히 비틀리고 손으로 뺨을 긁으면서 귀가 쫑긋해졌다. "다음에 실릴 기사가 뭔데요?" 그는 자신없이 물었다. "오스트리아요? 미국이오?"

"이것도 저것도 아니오." 선원이 말했다. "여기 있소."

"정말!" 마벨 씨는 겁을 집어먹고 말했다.

"내가 여기에 있다는 것이오." 선원이 마벨 씨에게 다시없는 안도감을 주려는 듯 말을 이었다. "물론 바로 이곳, 이 장소란 뜻은 아니오. 그 거처와 행방을 얘기한 거지."

"투명인간이라니!" 마벨 씨가 외쳤다. "그런데 그것이 뭘 저질렀다는 거요?"

"모든 일이지." 마벨을 눈으로 재어 가면서 선원이 말했다. 그리고 덧붙여, "모두 몹쓸 일이지."

"난 나흘 동안이나 신문을 못 봤어요." 마벨이 말했다.

"발단은 아이핑이라나." 선원이 말했다.

"정말!" 마벨은 말했다.

"거기서부터 출발했거든, 그리고 어디서 온 것인지 아무도 모른다는 거야. 신문기사에 이렇게 말하고 있소. 아이핑에서 전해 온 기묘한 얘기라고, 그리고 그 증거가 너무나 명백하다는 거야."

"하느님이시여!" 마벨 씨가 말했다.

"그건 동시에 기묘한 얘기란 말이야. 증인으로 목사 한 분과 의사 한 사람이 있어. 그 괴물을 똑똑히 봤다거든. 그런가 하면 못 봤다고도 해요. 신문의 보도는 목격자의 말에 의하여 역마관이라는 데서 아무도 그자의 비참한 운명에 대해서 아는 사람이 없었다가, 얼굴에서 붕대를 잡아떼자 정체가 드러났다는 거지. 잡아떼어 보니 얼굴이 보이지 않더라는 거야. 그것을 잡으려고 애를 썼으나 옷을 벗어 던지고 도망쳐 버렸다는 건데, 그것도 겨우 성공한 모양이야. 그때 존경받는 유능한 치안관 제이프스 씨에게 중상을 입혔다는 거야. 제법 믿음직한 기사 아니오? 성명도 뭐도 다 있고 하니."

"하느님이시여!" 마벨 씨는 불안스럽게 주위를 살펴가며 말했다. "이건 가장 놀라운 얘긴데요."

"맞아요. 기묘한 일이지. 예전에는 투명인간이니 하는 소리를 못 들었겠지만 요즈음 세상에는 이따위 별별 이상한 일이 얼마나 많은지……."

"그자 얘기는 그 정돈가요?" 안심한 듯 마벨이 물었다.

"그만하면 충분한 것 아니오?" 선원이 말했다.

"다시 되돌아간 일은 없었나요?" 마벨이 물었다. "그저 도망쳤다는 것뿐이고 다른 일은 없었나요?"

"그게 전부라오!" "왜 이만하면 충분하지 않소?"

"충분하고말고." 마벨이 말했다.

"그렇게 생각해야지." 선원이 말했다. "나로서는 그렇게 보지."

"그자에게 동료는 없었던가요? 물론 동료가 꼭 있었다는 건 아니지만." 마벨 씨는 불안스럽게 말했다.

"하나만으로 족하지 않소?" 선원이 물었다.

"그러나 천만에, 전연 혼자였지." 그는 천천히 머리를 끄덕였다. "이건 항상 나를 불안하게 한단 말이야, 그녀석이 전국을 쫓아다닌다는 생각만 해도 그렇지! 그녀석은 아마 지금쯤 스토 항구로 오는 길을 걷고 있을 것 같애. 우리들은 바로 그 근처에 있단 말이야! 당신처럼 미국이 어떠니 할 때가 아니야. 게다가 그녀석이 무슨 짓을 할는지 생각해 보오! 당신한테로 가봐야겠다고 그녀석이 마음을 먹었다고 치자, 그러면 당신이 어디로 피하겠소? 그녀석이면 침입, 강도, 뭐든지 할 수 있지. 당신이나 내가 소경으로부터 뺑소니 치듯이 그녀석이 경찰의 비상망을 빠져나가는 것쯤 문제없단 말이야! 그보다 더 쉬울 거야!"

"그자가 결정적으로 유리한 것은 틀림없죠." 마벨 씨가 말했다. "그리고 그……그래서……."

"옳은 말, 바로 그거야." 선원이 말했다.

애기하면서 마벨 씨는 노상 자기 주변을 조심스럽게 돌아다보면서 작은 발자국 소리에도 귀를 기울여 눈에 보이지 않는 동작을 알아내려고 했다. 중대한 결정을 내리는 찰나의 표정이 거기에 있었다. 그는 손을 입에다 대고서 기침을 했다.

그는 한 번 더 주위를 살펴보았다─ 귀를 기울이면서 ─ 선원한테로 몸을 기울여 가지고 소리를 낮추었다.

"사실, 우연히 나는 이 투명인간에 관해서 한두 가지 알게 된 것이 있소, 어떤 사람의 입을 통해."

"오! 당신이?"

"그렇소, 내가."

"정말! 애기를 들어 봅시다"

"놀랄 거요." 손을 뒤로 돌리면서 마벨 씨가 말했다. "기막힐 정도로."

"사실."

비밀스런 사람인 양 마벨 씨는 열을 내어 말했다. 그러나 난데없이 그의 표정이 기묘하게 변했다. "오!" 그는 자리에서 벌떡 일어섰다. 그 얼굴에는 분명한 육체적 고통이 나타나 있었다.

"응!" 그는 소리를 내었다.

"무슨 일이오?" 선원이 걱정스러워 물었다.

"치통을 앓아서." 마벨 씨는 말하고 나서 손을 귀에다 갖다 대었다. 그리고 책을 집었다. 기묘한 거동으로 그는 대화자로부터 자리를 멀리했다.

“그러나 당신이 방금 투명인간에 대해서 얘기해 주겠다 하지 않았소.” 선원은 원망스러운 듯 말했다. 마벨 씨는 혼자 생각해 보는 눈치였다.

“엉터리야.” 소리가 말했다.

“엉터리요.” 마벨 씨가 말했다.

“그러나 신문에 나 있는데.” 선원이 말했다.

“그래도 엉터리는 엉터리야.” 마벨 씨가 말했다. “그런 거짓말을 한 녀석을 알고 있죠, 세상에 투명인간이 어떻게 있을 수 있나요……”

“그러나 신문을 어떻게? 그렇다면 당신은……”

“그런 말이 아니오.” 마벨 씨는 잡아떼듯이 말했다.

선원은 신문을 들고서 두 눈을 휘둥그레 떴다. 마벨 씨는 얼굴이 비틀어지면서 배짱을 부렸다.

“잠깐만,” 일어서면서 천천히 선원이 말했다. “당신은……?”

“그렇지.” 마벨 씨는 말했다.

“그렇다면 왜 당신은 이 우스꽝스러운 얘기를 하도록 내버려 두는 거요? 어째서 이처럼 사람을 바보 취급하는 거야?”

마벨 씨는 픽 웃어 보였다. 선원은 왈칵 성이 난 모양이었다. 그는 주먹을 쥐었다. “여기서 나는 10분 동안이나 얘기했어. 그런데 넌, 이 철면피 같은 뚱딴지야, 인간의 예의도 모르고……”

“너 쪽에서 얘기를 걸어온 것 아닌가?” 마벨 씨가 말했다.

"얘기를 걸어오다니! 나는 건망증은 아니야."

"일어서." 소리가 말했다. 그러자 마벨 씨의 몸뚱이가 기묘하고도 돌연한 움직임을 시작하더니 빙 한 바퀴 돌고 나서 자리를 뜨기 시작했다.

"덤벼들어 봐!" 선원이 말했다.

"누가 덤벼들란 말이야?" 마벨 씨가 말했다. 그는 이 상야릇한 재빠른 거동으로 이따금씩 앞으로 맹렬히 밀리면서 떳떳지 못하게 물러서는 판이었다. 길 있는 데까지 가서 그는 혼자 항의와 변명이 뒤섞인 말로 중얼거리기 시작했다.

"바보 같은 자식." 두 다리를 짝 벌리고 팔을 가슴에 얹은 채 도망치는 상대방을 노려보면서 선원이 말했다. "이 바보 같은 자식, 누가 엉터린가 보여 줄 테다! 이 신문을 봐!"

마벨 씨는 두서없는 대꾸만 했다. 그리고 길이 구부러진 데까지 도망치자 보이지 않았다. 그러나 식용육(食用肉)을 실은 트럭이 다가와서 비켜야 할 때까지 선원은 길 한복판에 위풍당당하게 서 있었다. 그리고 스토 항구 쪽으로 향해서 갔다.

"기묘한 것이 어쩌면 이렇게 많지." 그는 혼자 가볍게 말했다. "나를 놀려 주려는 거지.바보 같은 수작이야……. 신문에 있는데!"

그런데 여기에서 그는 또 한 가지 괴상한 일이 바로

자기 근처에서 일어났다는 얘기를 듣게 되었다. 바로 그것은 마이켈 로의 한 모서리에서 돈 한 움큼이 날아 가는 광경이었다. 이 굉장한 광경을 바로 그날 아침에 친구인 한 선원이 목격했다는 것이었다. 그 돈을 뺏으 려다가 그는 거꾸로 얻어맞아 넘어졌고, 다시 일어섰을 때에는 이미 돈은 간 곳이 없었다. 이 선원은 무엇이든 믿는 성품이었으나, 그것은 너무나 기묘한 일이었다. 그 뒤에도 그는 그때 일을 다시 생각해 보는 것이었다.

날아간 돈 애기는 사실이었다. 그리고 그 지방 일대 는 물론, 저 삼엄한 런던이나 지방은행으로부터 가게나 여관의 금고에 이르기까지—문이 열려졌고 찬란한 대낮 의 태양 빛 아래에서— 돈이 사람의 손을 비키면서 어 디론지 날아가는 것이었다. 그리고 그 돈이 신비로운 비행을 마친 다음에는 결국 케케묵은 실크 모자를 덮어 쓴, 흥분해 있는 한 신사의 포켓 속으로 자취를 감추어 버리는 것이었다.

열흘 후—지금 애기가 이미 시들해졌을 무렵—그 선 원은 이 모든 사실을 종합한 결과 자기가 이 투명인간 과 그때 얼마나 가까운 곳에 있었던가를 깨닫게 되었 다.

15 달아나는 사나이

이른 저녁때 켐프 씨는 버독을 내려다보며 산마루 별

장의 서재에 앉아 있었다. 그것은 기분좋은 아담한 방이었다. 동·서·북으로 창문이 세 군데 나 있었고, 서가에는 서적과 과학 출판물이 가득 차 있었으며, 널찍한 집필용 테이블이 있고, 그리고 북쪽 창문 아래로 현미경 한 대와 유리 슬리프, 그리고 정밀한 기계, 약간의 배양물과 약품이 든 병들이 흩어져 있었다. 켐프 박사의 태양등은 아직도 하늘이 일몰의 광선을 받아 환한데도 불구하고 켜져 있었고, 게다가 밖에서 들여다볼 아무런 우려가 없었기 때문에 발을 걷어올린 채였다. 켐프 박사는 키가 크고 말쑥한 젊은 사람인데, 흐트러진 머리카락과 수염이 거의 하얗게 세어 있었다. 박사가 지금 진행중인 연구는, 모두들 가상하게 생각하는 왕실협회(王室協會)의 회원이 될 수 있는 그러한 성질의 것이었다.

그런데 박사의 눈은 하고 있던 일에서 잠시 떠나 반대편 언덕 너머의 타오르는 듯한 저녁놀로 달려갔다. 약 1분간 그는 펜을 입에다 물고 앉아서 산마루 위로 흐르는 풍성한 황금색을 아름답다고 생각했다. 그러고 나서 박사의 눈은, 잉크처럼 까만 작은 사나이의 모습이 언덕을 넘어 자기가 있는 곳으로 달려오는 것에 집중되었다. 사나이는 키가 작달막한 편이었고, 갓이 높은 모자를 썼으며, 어떻게나 빠르게 달리는지 다리가 움직일 때마다 반짝거리는 것 같았다.

"또 한 사람 바보가 오는군." 켐프 박사가 말했다.

" '투명인간' 말이오!' 하면서 나에게로 달려온 오늘 아침의 그 바보와 같은 게로군. 나는 사람을 홀리는 건 믿을 수 없단 말이야. 우리는 지금, 20세기에 살고 있다는 것을 알아야 해."

그는 일어섰다. 그리고 창가로 가서 거무스름한 언덕과 검은 점 하나가 뛰어내려오는 광경을 응시하였다.

"황망하게 달려오는군," 켐프 박사가 말했다. "그러나 별 소득은 없을걸. 납을 한 포켓 넣어서 달려도 저렇게는 무겁게 굴지 않을 거야."

다음 순간에 산마루에 높이 솟은 별장들 때문에 달려오는 모습이 가려졌다. 그러다가 다시 나타났다가 마지막에는 축대 때문에 안 보이게 되었다.

"바보야!" 발꿈치로 돌아서서 집필용 테이블에 앉으면서 켐프 박사가 말했다.

그러나 달려오는 이 친구를 만나 땀에 젖은 그 얼굴의 심각한 공포를 텅빈 길 위에서 목격했다면 박사는 멸시하는 듯한 태도를 취하지 않았을 것이다. 꽉 찬 지갑을 함부로 추커 흔드는 것처럼 사나이가 달려가는 동안 짤랑짤랑 소리가 났다. 풀이 죽은 두 눈은 좌우를 거들떠보지도 않고, 램프불이 켜졌고 사람들이 거리를 나다니는 바로 정면을 응시하고만 있었다. 그 볼품없는 입을 딱 벌리고 거품 같은 침이 입술에서 들락날락하면서 숨소리조차 가빴다. 그와 마주친 사람들이면 모두 발길을 멈추고서 불안한 예감으로 왜 이렇게 서두르는

지 서로 묻곤 했다.

그러자 바로 그때, 저쪽 언덕 위쪽길에서 놀란 개 한 마리가 소리를 지르며 문 아래로 달아났다. 그때 사람들은 숨찬 소리가─무슨 바람과 같이 재빨리 지나가는 것을 오랫동안 이상하게 생각했다.

사람들이 비명을 올렸다. 그리고 복도를 응시하였다. 무엇이 고함치며 지나갔다. 육감으로 그것이 언덕 아래로 내려가는 것 같았다. 마벨 씨가 반도 못 내려갔는데 사람들이 거리에서 법석대고 있었다. 그들은 이 뉴스를 가지고 집으로 뛰어들어가서 문을 잡아당겼다. 그는 이 소리를 들었다. 그러자 최후의 있는 힘을 다 내어 달렸다. 공포가 전후좌우를 휩쓸었다. 그리하여 어느새 온 마을이 공포의 도가니 속으로 들어갔다.

"투명인간이 온다! 투명인간이!"

16 명랑장(明朗莊)에서

명랑장은 전차선로가 시작되는 언덕 바로 아래에 있다. 술집주인은 불그스름한 살찐 팔을 카운터 위에 기대고서 얼굴에 핏기 한 점 없는 차부(車夫)와 얘기하고 있었고 또 한 패, 회색 양복을 입고 검은 수염을 기른 사나이가 비스킷과 치즈를 안주삼아 불봉주(酒)를 들이키면서 미국 말씨로 비번중(非番中)의 한 경찰관과 얘기하고 있었다.

"왜 이렇게 시끄러운 소리가 나지?" 화제를 돌리면서 차부가 말했다. 그리고 나지막한 여관집 창문의 때묻은 노란색 발 너머로 언덕을 쳐다보았다. 사람들이 밖에서 뛰어갔다.

"불이 난 거로군." 차부가 말했다. 발자국 소리가 가까워 오더니, 무거운 걸음으로 달려왔다. 문이 쾅! 하고 열리면서 마벨이 모자도 없이 울면서 비 맞은 중 모양 코트가 목 있는 데서 찢어진 채 뛰어들어왔다. 그리고 미친 듯이 몸을 돌려 문을 닫으라고 말했다. 문은 끈으로 반쯤 열려 있게 되어 있었다.

"온다!" 그가 외쳤다. 그 소리는 공포의 비명 그대로였다. "저녀석이 온다. 저 투명인간이! 내 뒤를 따라와 제발, 살려 줘! 살려 줘!"

"문을 닫아," 경찰이 말했다. "누가 오는 거요? 무슨 사고요?" 그는 문 있는 곳으로 가서 끈을 풀고 잡아당겼다. 그 미국인이 나머지 문을 닫았다.

"안으로 들어가야겠소." 비틀거리며 울면서 마벨이 말했다. 그러나 책만은 여전히 움켜 쥐고 있었다. "안으로 들어가아겠소. 나를 감추어 주시오. 아무 네라도. 그 녀석이 내 뒤를 따라온다니까, 난 도망쳐 오는 길이오. 그 녀석이 나를 죽인다고 그랬어요. 진짜 죽일는지 몰라요."

"당신은 안전해." 검은 수염의 친구가 말했다. "문이 닫혔어, 도대체 이게 무슨 일이오?"

"안으로 들어가야겠소." 잡아 맨 문을 누가 두드리는

바람에 문이 벌벌 떨렸다. 그러자 곧 급하게 문을 두드리는 소리와 고함소리가 바깥에서 일어났다.

"여보시오." 경찰이 말했다. "누구요?"

마벨 씨는 문짝같이 보이는 판자를 향하여 죽어라고 부딪쳤다. "저녀석이 나를 죽인다오. 칼이나 무엇을 가지고, 오 하느님이시여!"

"여기야." 술집 주인이 말했다. "이리로 들어오시오." 그리고 바 뒤로 들어가는 커튼을 걷어올렸다. 누가 밖에서 여전히 부르고 있는 사이에 마벨 씨는 바 뒤로 뛰어들어갔다. "문을 열지 마시오." 그는 비명을 올렸다. "제발 문은 열어 주지 마시오. 내가 어디 숨는단 말인가."

"이것이, 이것이 바로 투명인간이로군 그래?" 한 손을 뒤로 돌린 그 검은 수염의 미국인이 물었다. "이젠 모두들 괴물 구경을 할 때가 왔군."

여관의 창문이 깨어지고 거리에서는 비명소리와 함께 사람들이 우왕좌왕하고 있었다. 경찰관은 등받이가 높은 긴 의자 위에 올라서서 문간에 누가 있는가 목을 잡아 빼고 밖을 내다보았다. 의자에서 뛰어내린 그는 눈썹을 찌푸리면서 말했다.

"바로 그거다!"

순간 모든 것이 조용해졌다. "곤봉을 가져왔더라면," 경찰은 말하면서 자신 있는 거동으로 문 있는 곳으로 갔다. "한 번 열기만 하면 그놈이 들어온다. 그렇게 되면 그놈을 막을 수는 없어."

"뭐 그렇게 문을 급히 서둘 것은 없잖소?" 빈혈 증세
가 있는 차부가 불안스럽게 말했다.

"빗장을 치워 놓아." 검은 수염의 사나이가 말했다.

"그래도 들어온다면……." 그는 손에 쥔 권총을 가리
켰다.

"그건 안 돼." 경찰관이 말했다. "그렇게 하면 살인이야."

"이 나라 풍습을 알고 있소." 수염을 기른 사나이가 말
했다. "그녀석의 다리를 보고 쏠 테니까, 빗장을 빼 둬."

"내 뒤에서 쏘지는 말게." 발〔簾〕 너머로 내다보면서
바의 주인이 말했다.

"알겠어." 검은 수염의 친구가 권총을 겨눈 채 몸을
구부려 제 손으로 빗장을 잡아뺐다. 바 주인, 차부, 경
찰관의 얼굴이 모두 그리로 향했다.

"들어와." 물러서면서 빗장을 뺀 문을 향하여 권총을
뒤로 돌리고 나서 수염 있는 사나이는 나지막한 소리로
말했다. 아무도 들어오지 않았다. 문은 닫혀진 그대로
였다.

5분 후, 두번째 차부가 조심스럽게 머리를 들이밀었
을 때에도 그들은 여전히 그대로 대기하고 있었다. 그
러자 불안에 질린 얼굴이 바 응접실로부터 바깥을 내다
보고 나서 정보를 제공했다.

"문이란 문은 모두 닫혔을까?" 마벨이 물었다.

"그녀석이 뒤로 돌았올는지도 몰라. 거미처럼 돌아다

니는 놈이니까, 귀신처럼 재주를 부리거든."

"저럴 수가?" 몸이 뚱뚱한 바 주인이 말했다.

"뒷문이 남아 있어, 뒷문을 단속하세!" 그는 절망적인 눈초리로 자기 주위를 살폈다. 바 응접실 문이 탕! 소리를 내면서 열쇠를 돌리는 소리가 났다.

"정원으로 통하는 문도 있고 뒷문도 있지. 정원으로 통하는 문이……."

그는 바로부터 밖으로 뛰어나갔다. 1분 후에 조각용 나이프 한 자루를 들고 다시 나타났다.

"정원으로 가는 문이 열려 있어." 그는 말하면서 두터운 아랫입술이 축 늘어졌다.

"지금쯤 이 집 안에 들어왔을 거야." 첫번째 차부가 말했다.

"부엌에는 없어." 바 주인이 말했다. "여자가 둘이 거기에 있었어, 난 고기칼로 이 구석 저 구석 할 것 없이 찔러 봤어, 여자들도 아무도 들어온 것을 보지 못했다네, 봤다면……."

"문을 잠갔는지?" 첫번째 차부가 물었다.

"열쇠가 다른 옷에 들어 있어." 바 주인이 말했다.

수염 있는 사나이는 권총을 도로 넣었다. 그때 바 뒤로 커튼이 쳐지고 빗장이 쨍! 소리를 내면서 요란한 소리와 함께 문에 가로지르는 구리쇠가 날아가고 응접실 문이 화닥닥 열려졌다.

모두들 마벨이 우는 소리를 듣고 그를 구출하기 위하

여 바 안으로 들이닥쳤다. 수염난 사나이의 권총이 불을 뿜었고, 응접실 뒤쪽 거울이 깨지면서 소리를 내며 주루룩 떨어졌다.

바 주인이 실내로 들어오자 마벨이 기묘하게 몸을 비틀며 뒤뜰과 부엌으로 통하는 문 입구에서 끌려나가지 않으려고 발버둥치고 있었다. 바 주인이 주저하는 동안에 문이 왈칵 열리면서 마벨이 부엌으로 끌려가는 판이었다. 비명소리와 함께 냄비로 두드리는 소리가 났다. 마벨은 머리를 틀어 박고서 완강히 뒤로 버티었으나 부엌으로 끌려들어가자마자 안에서 빗장을 내리는 소리가 났다.

바 주인을 뒤따라 달려오던 경찰관이 차부의 한 사람을 뒤쫓아 덤벼들었다. 그리고 마벨의 목을 졸라맨 보이지 않는 팔목을 잡았다. 그러자 얼굴을 얻어맞고 뒤로 빙 돌아 넘어졌다. 문이 열리고 마벨은 문 뒤로 몸을 피할 양으로 필사의 노력을 했다. 그때 차부가 무엇을 잡았다.

"잡았다!" 차부가 말했다.

차부의 두 손이 보이지 않는 것을 향하여 덤벼들었다.

"여기다!" 바 주인이 소리쳤다.

손이 풀어지자 돌연 마벨 씨가 땅에 쓰러지며 격투 중의 사람들 다리 뒤로 기어가려고 했다. 싸움은 문 입구에서 벌어졌다. 투명인간의 소리가 처음으로 들려왔다. 경찰이 손을 밟는 바람에 그는 날카롭게 고통스러운 소리를 내었다. 그러자 미친 듯이 소리를 지르면서 주먹을 도리깨처럼 휘둘렀다. 차부가 옆구리를 채어 돌연 악! 하고 앞으로 거꾸러졌다. 부엌사람들은 허공을 상대로 주먹을 내밀어 싸우고 있다는 것을 깨달았다.

"어딜 갔을까?" 수염난 사나이가 소리쳤다. "나갔나?"

"이쪽을." 경찰관이 정원 쪽으로 뛰어나오다가 발을 멈추면서 말했다.

기와 한 장이 그의 손을 스쳐 조리대 위에 놓인 오지 그릇 하나를 박살했다.

"그놈에게 맛 좀 보이자." 검은 수염의 사나이가 외치자 강철의 총대가 경찰관의 어깨너머로 번쩍이더니 기왓장이 날아온 어둠 속을 다섯 개의 총알이 연달아 터져나왔다. 총을 쏘는 손이 수평선으로 돌아가는 바람에 총알이 좁은 뜰에서 수레바퀴에서 뻗어진 살 모양 사방으로 불을 토했다.

다음 순간 조용했다. "다섯 방이로군." 검은 수염의 사나이가 말했다. "그만하면 최고야, 등불을 가져오구려, 그녀석의 몸뚱이를 만져봐야겠어."

17 캠프 박사의 진객(珍客)

총소리가 들려올 때까지 캠프 박사는 계속 집필중이었다. 탕, 탕, 탕……. 연달아 총소리가 났다.

"무슨 일이지?" 캠프 박사는 다시 펜을 입에 물고서

듣고 있었다.

"버독에서 권총을 쏘는 이가 누굴까?"

박사는 남쪽 창문으로 가서 창문을 열어젖힌 뒤 창에 기대어 이 마을의 야경(夜景)을 내려다보았다.

"크리켓장 근처에 사람들이 모여든 거로군." 그는 말하면서 여전히 바라보고 있었다. 부둣가의 광경이 남양적인 달과 별빛 아래 아름다웠다.

5분 동안 박사의 머릿속에서는 미래의 세계에 대해서 멀리 환상의 화살을 던지면서 시간의 차원으로 승화되어 가는 중이었다. 켐프 박사는 한숨을 지으며 몸을 일으켜 다시 창문을 닫고 일자리로 돌아왔다.

현관문 초인종 소리가 난 것은 그 뒤 한 시간쯤 지났을 때였다. 총소리를 들은 뒤로는 펜끝이 잘 움직여지지 않았고 간간히 생각조차 흐트러졌다. 앉은 채 박사는 귀를 기울이고 있었다. 하녀가 내려가는 소리를 듣고 계단을 올라오는 발자국 소리를 기다렸으나, 그녀는 나타나지 않았다.

"저것이 뭐던가?" 켐프 박사가 물었다.

그는 일을 계속해 보려고 했으나, 그것이 안 되어 일어서서 서재에서 아래층으로 내려가 하녀를 불렀다. "편지냐?" 홀에 나타난 하녀를 보고 박사가 물었다.

"지나가는 소리였어요." 그녀가 대답했다.

"오늘밤은 왠지 뒤숭숭해." 박사는 혼잣말로 중얼거렸다. 다시 서재로 돌아가며 이번에는 결단코 일에 집중하려고 했다.

  잠시 후 그는 일에 열중하였다. 들려오는 것은 괘종시계 소리와 테이블 위로 던지는 동그란 램프불 중앙을 바쁘게 달리는 아조(鵞鳥) 펜의 날카롭고도 조용한 소리뿐이었다.

  켐프 박사가 그날 일을 끝마친 것은 그로부터 두 시간쯤 후였다. 그는 일어서서 하품을 하고 2층 침실로 올라갔다. 웃옷과 조끼를 벗자 목이 마르다는 것을 깨달았다. 그는 촛불을 들고 위스키와 탄산수를 찾으러 식당으로 내려갔다.

  켐프 박사의 과학 연구는 박사로 하여금 모든 사물에 퍽 날카로운 관찰을 하게 했다. 그래서 다시 홀을 지나가려 할 때 계단 입구에 깔린 리놀륨 장판 위에 새까만 점 하나를 발견케 했다. 박사는 그대로 계단을 올라가려다가 갑자기 장판에 찍힌 점이 무엇인가 알고 싶었다. 거기에 다소의 잠재의식이 작용했다는 것은 짐작할 수 있는 일이다. 여하튼 그는 가져온 것을 든 채로 홀로 되돌아와 탄산수병과 위스키를 내려놓고 허리를 구부려 흑점을 만져 봤다. 그다지 놀란 기색도 없이 박사는 그것이 끈적끈적한, 마른 피 색깔임을 알 수 있었다.

  그는 다시 가져온 것을 집어들고 위층으로 돌아가 주위를 돌아보면서 혈흔(血痕)의 영문을 알아내려고 했다. 계단 쪽으로 시선이 가자 무엇이 눈에 띄어서 놀라 그 자리에서 주춤했다. 자기 방문의 손잡이에 피가 묻어 있었다.

박사는 자기 손을 들여다보았다. 손은 깨끗했다. 그러자 이 문이 자기가 서재로 내려왔을 때에 이미 열려 있었다는 것, 그러니까 전혀 손잡이를 만지지 않았다는 것을 기억했다. 박사는 그 길로 곧 자기 방으로 돌아왔다. 그의 얼굴은 평상시보다 약간 긴장했을 때에 볼 수 있는 침착한 표정이었다. 박사의 시선은 탐색하는 눈초리로 움직이다가 침대 위로 가서 멈추었다. 반사경(反射鏡)에는 낭자하게 피가 묻어 있었고 시트가 찢어져 있었다. 조금 전에 그가, 이 방에 들어갔을 때에는 이런 것에 눈이 가지 않았다. 그것은 옷을 갈아입기 위해 바로 테이블로 갔었기 때문이다. 침구 저쪽은 누가 조금 전까지 앉아 있었던 것처럼 눌려져 있었다.

그러자 "아! 켐프 씨!" 하는 나지막한 소리를 들은 것 같았다. 그러나 켐프 박사는 그런 소리를 믿는 인간이 아니었다.

그는 두 눈이 동그래진 채 구겨진 시트를 내려다 보았다.

"정말 사람 소릴까?"

다시 그는 사방을 살펴보았다. 그러나 지저분하게 피가 묻은 침대 이외에 이상한 점은 발견할 수 없었다. 그때 방 저쪽 세면대 가까이에서 무엇이 움직이는 소리를 분명히 들었다. 아무리 많은 교육을 받은 사람이라도 인간인 이상 다소의 미신적인 요소를 가지고 있는 법이다. 환각이라고 불려지는 상태가 그에게 왔다. 그는 방문을 닫고 일직선으로 옷을 갈아입는 테이블까지 가서 가지고 온 것을 내려놓았다. 순간 깜짝 놀라면서 박사는 피묻은 아마포 붕대가 자기와 세면대 중간 허공에 매달려 있는 것을 발견했다.

그는 당황한 눈초리로 그것을 보았다. 그것은 빈 붕대였다. 제대로 매어져 있었으나 속이 텅 비어 있었다. 그는 앞으로 걸어가서 그것을 잡으려고 했다. 그러나 무언가 손에 닿으면서 소리가 바로 코 앞에서 터져나오는 것이었다.

"켐프 씨!" 소리가 말했다.

"아니?" 입을 벌린 채 켐프가 외쳤다.

"정신 차려!" 소리가 말했다. "내가 바로 그 투명인간이야."

잠시, 켐프 박사는 아무 대답도 못하고 붕대만 응시하고 있었다. "투명인간이라니?" 그가 말했다.

"나는 투명인간이다." 소리가 한 번 더 말했다.

오늘 아침까지만 해도 앞장 서서 웃어 버리고 만 바로 그 화제가 켐프의 머리를 스쳤다. 이 순간의 그는 그다지 놀란 것도, 겁을 집어먹은 것 같지도 않았다. 그것을 알아차린 것은 그 다음의 일이다.

"나는 그것이 모두 거짓말인 줄 알았소." 그가 말했다. 자기 기억에 가장 뚜렷이 남아 있는 것은 그날 아침에 되풀이하곤 했다. 바로 그 시비였다. "당신은 붕대를 맨 거요?" 그가 물었다.

"그렇다." 투명인간이 대답했다.

"오!" 켐프가 외쳤다. 그리고 용기를 내었다.

"내 생각으론……." 그가 말했다. "아무것도 아니란 거야. 트릭에 지나지 않는다고 보는데." 그는 돌연 앞으로 나아가 붕대를 향해서 뻗어진 손을 내밀었다, 그 순간 보이지 않는 손가락과 맞닿았다.

켐프는 몸을 비틀었다. 그의 얼굴색이 달라졌다.

"정신 차려, 켐프, 제발! 나는 그대의 힘을 빌려야겠어. 그만……."

손이 그의 팔을 꽉 잡았다. 그는 그것을 쳤다. "켐프!" 소리가 고함을 쳤다. "켐프, 정신 차려!" 그리고 잡은 손에 힘을 주었다.

몸을 빠져나오려는 필사적인 노력이 그를 지배했다. 붕대를 감은 손이 그의 어깨를 잡자 돌연 그는 침대 위로 뒷걸음쳐 넘어졌다. 고함치려고 입을 벌리자 입에다 시트를 틀어막았다. 투명인간은 박사를 무자비하게 넘어뜨렸다. 그러나 손발이 자유로워졌기 때문에 박사는 맹수처럼 치고박고했다.

"냉정하게 내 말을 들어 보지 않겠나?" 옆구리를 차이면서도 박사를 꼭 잡고서 투명인간이 말했다.

"정말, 이러다가는 나를 미치게 하고 말 거야!"

"조용히 누워 있어, 바보 같은 친구!" 투명인간이 켐프의 귀에다가 협박을 했다.

켐프는 한 번 더 몸부림을 치고 나서 가만히 누워 있었다.

"소리만 질러 봐, 네 얼굴을 박살내고 말 테니까." 투명인간은 박사의 입에서 손을 떼고 나서 말했다. "나는 보이지 않는 인간이다. 바보도 아니며 마술사도 아니다. 나는 투명인간이야. 그런데 나는 당신의 힘을 빌려야겠어. 나로선 당신을 해칠 생각이 없어. 하나 미친 촌놈 같은 행동을 취한다면 할 수 없지. 자넨 나를 몰라보겠는가, 켐프? 대학 시절의 그리핀을."

"일어나야겠어." 켐프가 말했다. "하라는 대로 가만히 있겠어. 그러나 잠깐만 앉게 해다오."

그는 일어나 앉아 목에 손을 대어 보았다.

"나는 대학시절의 그리핀이야. 그리고 나는 눈에 보이지 않게 하는 데 성공했어. 나는 그야말로 정상적인 보통 인간이야. 그대가 아는 한 인간이 보이지 않게 된 거야."

"그리핀이라구?" 켐프가 소리쳤다.

"그리핀이야." 소리가 말했다. "그대보다는 나이가 아래인, 반백증(斑白症)에 걸린, 키가 육 척에 어깨가 딱 벌어진 학생 말이야. 얼굴이 붉고 희고 눈알이 새빨간, 화학상(化學賞) 메달을 탄 학생 말이야."

"난 뭐가 뭔지 알 수 없게 됐어. 그것이 그리핀과 무슨 상관이 있단 말인가?" 켐프가 물었다. "머리가 빙빙 도는 것 같다. 그것이 그리핀과 무슨 상관이 있단 말인가?"

"내가 바로 그 그리펀이다."

켐프는 생각했다. '무서운 일이야.' 그가 말했다. "그런데 세상에 무슨 혼령이 덮여 사람을 안 보이게 한담?"

"그건 혼령이 아냐. 하나의 발견이지. 정상적이며 이해할 수 있는……."

"정말 무서운 일이야!" 켐프가 말했다. "세상에……."

"무서운 일이기도 하지. 그러나 나는 부상을 당했고, 고통이 심한데다가 피로해졌어……. 제기랄! 켐프, 그대는 인간이겠지. 내 말을 들어 주게. 나에게 먹을 것과 마실 것을 주게. 그리고 여기서 쉬도록 내버려 두게."

켐프의 두 눈은 실내를 움직이는 붕대에 집중하고 있었다. 바스켓 의자가 방 저쪽에서 끌려와 침대 가까운 위치에 놓여졌다. 의자가 끼익 소리를 내면서 자리가 약간 내려앉았다. 그는 한 번 더 두 눈을 비비고 목을 만졌다.

"이건 도깨비가 질색할 일이로군." 이렇게 말하고서 그는 바보처럼 큰 소리로 웃었다.

"그편이 니을걸. 이제야 그대는 제성신으로 돌아오는 거로군!"

"그렇지 않으면 바보가 된 거지." 켐프가 말했다. 그리고 두 눈을 가렸다.

"위스키를 좀 주구려. 나는 다 죽어 가는 판이야."

"나는 그렇게 보지 않아. 그대가 있는 위치가 어딘

가? 내가 일어나기만 하면 그대에게로 넘어지고 말 거야. 그리로! 알겠어? 위스키 말이지. 여기 있어, 주면 어디로 주어야 하나?"

켐프는 의자가 소리를 내면서 유리잔이 물러가는 것을 보았다. 사실대로 보아하니 힘이 들었다. 그는 본능적으로 그것을 거부했다. 유리잔은 의자의 팔받이로부터 20인치쯤 위에서 멈추어졌다. 그는 한없이 당황한 눈초리로 그것을 응시했다.

"이것은…… 당연히 그렇겠지만 최면술이야. 그대는 보이지 않는 사람이라고 암시를 주는 거지."

"우스운 얘기!" 소리가 말했다.

"질색할 노릇이야!"

"내 말을 듣게."

"오늘 아침에 나는 이 점을 결정적으로 증명했단 말이야." 켐프가 계속했다. "바로 그 투명성이란 걸……."

"그대가 무엇을 증명했던 상관할 바가 아니야! 나는 지금 배가 고파 죽겠어." 소리가 말했다. "게다가 옷이 없이는 밤공기가 차단 말이야."

"먹을 것을!" 켐프가 말했다.

위스키 잔이 스스로 기울어졌다. "그렇지." 투명인간은 잔을 내려놓으면서 말했다.

"그대에게 실내복이 없는가?"

켐프는 나지막한 소리로 무엇인가 감탄하는 기색이었다. 그는 양복장으로 걸어가더니 분홍색 옷 한 벌을 꺼냈다. "이만하면 되겠지?" 그는 물었다. 옷은 박사의 손을 벗어났다. 그러자 잠시 허공에서 구겨진 채 걸려 있더니 기묘하게 날개치면서 똑바로 서서 제 스스로 교묘하게 단추를 끼우고 의자에 앉았다.

"잠바, 양말, 슬리퍼도 필요해." 보이지 않는 사나이가 무뚝뚝하게 말했다. "그리고 먹을 것도."

"뭐든지 좋아, 그러나 이건 정말. 난 평생에 처음 당하는 기이한 일이야."

그는 물건이 들어 있는 서랍을 열고 나서, 식당에서 먹을 것을 가져오려고 아래층으로 내려갔다. 그리고 식은 카츠레츠와 빵을 들고 돌아와서 작은 식탁을 펴고 그것을 손님 앞에 늘어놓았다.

"나이프는 없어도 돼." 방문객이 말했다. 그러고는 씹는 소리와 함께 카츠레츠가 허공에 떠 있었다.

"세상에는 기묘하고도 놀라운 일이 많지만……."

"바로 그거야. 그러나 붕대를 갈기 위해서 자네 집으로 뛰어들어온 것은 묘한 인연일세. 나에게 내려진 최초의 행운! 여하튼 오늘밤은 여기서 자야겠어. 자넨 그걸 찾아 주어야지. 기분 나쁜 일 일거야, 이렇게 피를 묻히면서, 그렇지 않아? 보기 흉하게 되었군. 굳어지면 곧 보이게 되니, 내 몸에서 이렇게 변하는 것은 피뿐이야. 내가 죽을 때까지 그럴 거야……. 난 이 집에 벌써 세 시간 동안이나 있었어."

"그런데 어떻게 그렇게 됐지?" 켐프는 기진맥진한 소

리로 말했다. "망할 놈의 것! 모든 수작이…… 처음부터
끝까지 부당한 일이야."

"당연한 일이지." 투명인간이 말했다. "절대로 당연한
일이야."

그는 손을 뻗어 위스키 병을 잡았다. 그것을 들이키
는 실내복을 캠프는 놀란 눈으로 바라보았다.

"총에 맞은 것은 어떻게 됐지?" 그가 물었다. "어떻게
해서 총에 맞게 되었는가?"

"그 중에 바보 같은 자식이 하나 있었어. 나와는 일종
의 동료였지, 그놈의 자식! 그녀석이 내 돈을 훔치려
했지, 결국 훔치고 말았단 말이야."

"그도 보이지 않았던가?"

"아니야."

"그러면?"

"모든 것을 애기하기 전에 먹을 것이 좀더 없는가?
나는 배가 고파. 아파 죽겠는데 그대는 애기만 하라니!"

캠프는 일어섰다. "그대가 총을 쏜 일은 없지?"

"나는 아니야." 방문객이 말했다.

"처음 본 바보자식이 무턱대고 총을 쏘았지. 모두들
겁을 집어먹었어. 모두들 나 때문에 혼쭐이 났어, 망할
자식들 같으니! 나 말이야. 난 좀더 먹을 것이 있으면
좋겠어, 캠프."

"먹을 것이 남아 있는지 아래층으로 내려가 보지." 캠
프가 말했다. "그런데 얼마 없을 거야."

식사를 하고 나서— 그것은 단단한 요기였다— 투명인간은 시거를 요구했다. 캠프가 나이프를 찾기 전에 그는 입으로 매섭게 시거 끝을 물어뜯었다. 그러더니 웃니가 부러졌다고 욕을 해댔다.

그가 담배를 피우는 광경을 구경하는 것은 인상적이었다. 입과 목, 인두가 움직이는 연기 속에 윤곽을 그리고 있었다.

"담배란 근사한 물건이거든." 맹렬히 연기를 내뿜으면서 그가 말했다. "자네 집으로 뛰어든 것은 나의 행운일세. 켐프, 자넨 나의 힘이 돼 주어야 하네. 지금이라도 내가 그대에게로 자빠지면 어떻게 되지! 나는 산송장이야. 정신이 이상한 것 같아. 내가 완성한 일들! 그러나 사실 우리들은 할일이 남아 있어."

그는 위스키와 소다를 연거푸 들이켰다. 캠프는 일어서서 자기 몸을 둘러보고 다른 방에서 유리잔 한 개를 가지고 왔다.

"이건 강한 편이야. 그러나 마실 수 있겠지."

"켐프, 자넨 얼마 변하지 않았군. 10여 년 동안 자네 같이 깜찍한 친구는 변치 않는 법이야. 냉징하고 규칙적인……. 정말이야, 우리 같이 일하세!"

"그런데, 어떻게 할 수 있었나? 어떻게 그렇게 됐지."

"제발 잠시 동안 담배나 피우게 해주게. 그러고 나서 얘기하겠어."

그러나 그날 밤에는 이야기가 없었다. 투명인간의 팔

목은 고통이 심해져 갔다. 열이 나고 피곤이 극도에 이르렀다. 그의 머리는 돌고 돌아 언덕의 추격과 여관에서의 격투 때문에 혼란스러웠다. 그는 얘기를 꺼냈으나 그것만은 언급하지 않았다. 단편적으로 마벨에 대한 얘기를 했다. 미친 듯이 담배를 빨고 음성이 점점 분노의 빛을 띠기 시작했다. 켐프는 거기서 무엇을 종잡으려고 애썼다.

"그녀석은 나한테 겁을 내고 있었어. 나를 무서워했다는 것을 알 수 있었어." 투명인간은 몇 번이고 되풀이 말했다.

"녀석은 도망칠 생각이었어. 언제나 주위를 살피곤 했지! 내가 바보였어! 나는 화가 치밀었어. 그때 녀석을 죽여 버렸을는지도 몰라."

"돈은 어디서 가져온 거지?" 켐프가 난데없는 질문을 끄집어냈다. 투명인간은 잠시 동안 대답이 없었다.

"그건 오늘밤에 얘기할 수 없어."

그는 돌연 신음하면서 몸을 앞으로 구부렸다. 보이지 않는 두 손이 보이지 않는 머리를 집고 있었다.

"켐프, 사흘 동안 나는 거의 잠을 못 잤어, 나는 이제 잠을 좀 자야겠어."

"그러면 이 방을 주지. 이 방에서 자게나."

"그러나 어떻게 잠을 들 수 있나? 내가 잔다면 자넨 달아날 거야. 아! 그러면 어떻게 되지?"

"총 맞은 상처는 어때?" 켐프가 물었다.

“아무것도 아냐. 긁어서 피가 났을 정도니, 오 하느님이시여! 정말 졸려!”

“왜 안 자?”

투명인간은 켐프를 관찰하는 눈초리였다. “못 자는 것은 내 동족의 손에 잡혀서는 안 된다는 것이 나의 각별한 관심사이기 때문이야.” 그는 조용히 말했다.

켐프는 등골이 서늘해졌다.

“내가 바보야!” 투명인간이 테이블을 탕! 쳤다.

“그대에게 이런 안(案)을 제시하다니.”

18 투명인간 잠이 들다

기진맥진해서 상처를 입은 투명인간이었지만 자유를 존중해 주겠다는 켐프의 말을 그대로 받아들일 수는 없는 처지였다. 그는 침실에 있는 두 개의 창문을 조사하고 발을 걷어올린 다음 바깥문을 열어 거기로 빠져나갈 수 있다는 켐프의 말을 확인하고 싶었다. 창밖은 적막이 산에서 떠오르는 초생달과 더불어 와 있었다. 그리고 나서도 안전을 기하기 위해서는 침실의 열쇠와 탈의실에 있는 두 개의 창문을 조사했다. 그래서 비로소 안심했다는 표정이었다. 난로 주위의 양탄자에 서서 하품을 하는 것이 켐프의 귀에 들어갔다.

“미안하지만.” 투명인간이 말했다. “오늘밤엔 모든 얘기를 해주지 못했어. 그러나 나는 피로해. 이상한 일이지만 틀림없는 사실이야, 무서운 일이기도 하지! 그러나 내 말을 믿어 주구려. 켐프, 오늘 아침 일에 대한 그대의 시비는 그만두고, 이건 정녕 가능한 일이니까. 나는 그것을 발견했어. 이것을 나 혼자만 간직할 생각은 없었어. 나는 그렇게 할 수 없단 말이야. 나에겐 협력자가 필요하거든. 그런데 자네…… 우리 둘이면 이런 일을 해낼 수 있어……. 하지만 내일 아침에 가서…… 지금은, 자야겠네. 수면을 취하지 않으면 죽고 말 지경이야."

방 한복판에 서서 켐프는 머리 없는 의상을 응시하고 있었다. "내 방으로 물러가는 것이 어떨까 하네. 이건 믿을 수 없어. 이 세 가지 사건이 이렇게 일어나서 나의 모든 생각을 뒤집고 말았으니, 이것이야말로 나를 미치광이로 만들 작정이지. 그러나 이것은 사실이야! 또 무슨 필요한 물건은 없나?"

"다만 잘 자구려, 인사나 하세." 그리핀이 말했다.

"안녕." 켐프가 말했다. 그리고 보이지 않는 손을 잡았다. 그는 문으로 걸어갔다.

순간 실내복이 재빠르게 그를 향하여 다가왔다.

"내 말을 잘 듣게!" 실내복이 말했다. "나를 방해하거나 잡으려는 생각은 말게! 그럴 경우엔……."

켐프의 얼굴색이 약간 변했다.

"이미 나는 약속했다고 보는데." 그가 말했다.

켐프는 조용히 문을 닫고 나왔다. 그와 동시에 열쇠

를 돌리는 소리가 났다. 얼굴에 은은히 놀란 표정을 지으면서 서 있노라니 탈의실의 문으로 걸어가는 재빠른 발자국 소리가 나더니 그것조차 사라지고 말았다.

켐프는 손으로 이마를 쳤다. "나는 지금 꿈꾸고 있는 것이 아닐까? 세상이 미쳤나? 그렇지 않으면 내가 미쳤나?"

그는 소리를 내어 웃었다. 그리고 잠가진 문에 손을 갖다대었다. "이 엉터리 같은 것 때문에 내 방에서 쫓겨나다니!" 그가 말했다.

그는 계단 입구까지 걸어간 뒤 몸을 다시 되돌려서 한 번 더 잠가진 문을 응시했다. "이건 사실이야." 그는 말했다. 그는 손가락으로 약간 멍이 든 몸을 만졌다. "부정할 수 없는 사실이야!"

"하지만……."

그는 절망적으로 머리를 흔들며 몸을 돌려 이번엔 계단을 내려갔다.

식당에서 램프에 불을켠 뒤 시거를 끄집어낸 다음 그는 소리치며 왔다갔다하는 것이었다. 이따금씩 혼자 떠들었다.

"보이지 않는다니!" 그가 외쳤다. "보이지 않는 동물이 있는가……. 심해(深海)면 있을 수 있지, 수천 수백만 가지의 저 모든 부유동물(浮游動物)과 잔새우들, 그리고 미생물, 해파리, 바다에는 보이는 것보다 눈에 보이지 않는 것이 더 많다! 나도 전부터 이걸 생각해 봤지. 그리고 못 [池] 에도! 이 모든 물 속의 미생물—색채 없는 반투명의 해파리종류!……. 그러나 대기중의 나는 어떤가? 없다! 있을 수 없어. 그러나 결국에 가서—어째서 그렇게 되나? 유리로 인간을 만들어도 여전히 보이기는 한다."

박사의 사색은 심각해졌다. 다시 말이 입 속에서 터져나올 때쯤에는 시거 세 대가 하얀 재로 변해 있었다. 그러자 다음부터는 단순한 감탄사만이 튀어나왔다. 가까스로 몸을 돌려 방을 나온 그는 좁은 진료실로 들어가서 가스에 불을 붙였다. 켐프 박사는 현재 개업으로 생계를 유지하지 않기 때문에 진료실이 좁았다. 거기에는 그날 신문이 와 있었다. 조간이 아무렇게나 펼쳐진 채 던져져 있었다. 그것을 펴들고, 스토 항구의 그 선원이 마벨에게 그처럼 봉변을 주게 된, 아이핑에서 온 기묘한 이야기를 읽었다. 켐프의 독서는 빨랐다.

"싸매고!" 켐프가 말했다. "가면을 쓰고! 숨기고!" 아무도 그의 불행한 처지를 아는 사람은 없을 것이다. "이게 도대체 무슨 도깨비 장난인가?"

신문을 떨어뜨리고 그의 눈은 여전히 무엇을 찾고 있었다. "아!" 그가 말했다. 그리고 들어오기 전에 접혀진 채 놓여 있던 제임즈 가제 지(紙)를 들었다. "이제 사실이 규명될 것 같다." 켐프 박사가 말했다. 그는 신문을 싼 봉을 잡아뗐다. 그러자 두 줄의 글발이 박사의 눈 앞에 나타났다. '서섹스의 한 마을 전체가 수라장으로 변했다.' 표제에는 이렇게 나와 있었다.

"이것 봐!" 켐프는 말했다. 그리고 이미 얘기한, 전날 오후에 아이핑에서 일어난 사건의 믿을 수 없는 전모를 열심히 읽어 내려갔다. 다음 면에는 조간에 게재된 기사가 재록되어 있었다.

그는 그것을 한 번 더 읽었다. "좌충우돌로 온 거리를 달아났다. 제이프스는 기절했고 헉스터 씨는 고통이 심해서……. 여전히 목격한 광경을 얘기할 수 없다. 부녀자들은 공포에 떨고 있다. 창문이 모두 부서졌다. 이 기묘한 얘기는 갓 알려진 지도 모른다. 발표를 보류하기에는 너무나 아까운 얘기……."

신문을 떨어뜨리고 그는 눈앞을 정신없이 응시하고 있었다. "아마 잘 거다!"

그는 신문을 들고 전부 다시 한 번 읽었다.

"그런데 언제부터 그 부랑자가 나타났을까? 어째서 그자의 뒤를 쫓아다니는 거야."

그는 수술대 위에 앉아 보았다.

"그자는 보이지 않을 뿐만 아니라." 그는 말했다. "동시에 미치광이야! 살인범이야 ……."

새벽이 되어 창백한 분위기가 식당의 램프불이 시거 연기 속에 감돌기 시작했을 때에도 켐프 박사는 여태 믿을 수 없는 것을 파악하려고 왔다갔다하고 있었다.

잠을 이루기에 그는 너무나 흥분되어 있었다. 채 잠이 깨기도 전에 아래층으로 내려온 하인들은 주인을 보고서 과로 끝에 오는 결과 정도로 착각했다. 그는 이상하면서 똑똑한 말씨로 자기 서재에다가 2인분의 아침 식사를 준비하라 이르고, 누구도 위층으로 올라와서는 안 된다고 당부하는 것이었다. 그리고 조간이 배달될 때까지 계속 식당에서 오락가락하고 있었다. 조간이 왔으나 석간을 통해서 확인한 이상의 특별한 내용을 발견할 수는 없었고, 졸렬하게 씌어진 버독 항구에서 일어난 또 하나의 놀라운 기사가 실려 있는 정도였다. 이 기사는 명랑장에서 일어난 사건의 골자와 거기에다가 마벨이란 사나이의 이름을 켐프에게 알려 주었다. 마을의 전선을 끊었다는 몇 가지 대수롭지 않는 사실이 아이핑 일건(一件)에 대해서 추가 보도되어 있었다. 그러나 투명인간과 문제의 부랑자 사이의 연관성에 대해서는 아무런 단서도 잡을 수 없었다— 그것은 자기와 관계 있는 세 권의 책이라든가 돈에 대해서는 일체 투명인간이 사실을 얘기하지 않았기 때문이었다. 이때까지의 반신반의하던 논조(論調)는 사라지고, 그 대신 수많은 기자와 문의자(問議者)들이 이 사건을 가지고서 분식(粉飾)하기 시작했다.

켐프는 모든 기사를 읽었다. 그리고 하녀로 하여금 입수할 수 있는 모든 신문을 구해 오라고 당부했다. 그것까지도 그는 탐독했다.

"그는 보이지 않는다!" 박사가 말했다. "기사의 보도는 분노에서 광태로 발전하는 것 같군! 그로서는 할 수 있는 일이지! 그로서는 할 수 있는 일이야! 그리고 그 자는 지금 우리집 위층에서 천하에 자유롭다. 도대체, 어떻게 해야 한담?"

"가령, 신의를 저버린다면, 아니야."

그는 구석에 있는 작고 낡은 책상으로 가서 편지를 쓰기 시작했다. 반쯤 쓰고는 그것을 찢어 버렸다. 그리고 다시 쓰기 시작했다. 그는 몇 번이나 되풀이해서 읽고 나서 생각해 보았다. 그러고 나서 봉투를 끄집어 내어 버독 항구의 에이다 총경의 주소와 성명을 적었다.

투명인간은 켐프가 이런 짓을 하고 있을 때 이미 잠이 깨어 있었다. 그는 불쾌한 기분으로 눈을 떴다. 모든 소리에 귀가 밝은 켐프는 머리 위 침실에서 돌연 요란한 그의 발자국 소리를 들었다. 그러자 의자가 날아가고 세면대에 놓인 물병이 깨어졌다. 켐프는 재빨리 위층으로 뛰어올라가 불안한 마음으로 문을 두드렸다.

19 몇 가지 원칙

"무슨 일이 생겼나?" 투명인간이 그를 맞아들이자 켐프가 물었다.

"아무것도 아니야." 그가 대답했다.

"하지만, 그러지 말게! 와당탕하는 소리는?"

"신경질이 좀 난 거지. 이쪽 팔을 얻어맞아서 이곳이 쑤셔."

"그래도 그런 것의 지배를 받는군."

"그렇지."

켐프는 방을 건너 깨어진 유리조각을 주웠다. "그대에 관한 모든 사실이 드러나고 말았어." 켐프는 손에 유리를 들고 일어서며 말했다. "아이핑의 산마루에서 일어난 모든 일을. 온 세계는 투명인간에 대해서 관심을 집중하고 있어. 그러나 그대가 여기에 있다는 것은 아무도 모른단 말이야."

투명인간이 욕설을 해댔다.

"비밀이 폭로되었어. 나로서는 비밀로 보지된 그대의 계획이 무엇인지 알 수 없으나, 그대의 힘이 되고 싶어 못견디겠네."

투명인간은 침대 위에 일어나 앉았다.

"위층에 식사가 준비되었어." 켐프는 거침없이 말했다. 다행히도 손님은 기분좋게 일어섰다. 켐프는 좁은 계단으로 해서 전망대로 안내했다.

"우리가 이제부터 무슨 일을 하려면," 켐프가 말했다. "먼저 나로선 그대의 투명성(透明性)에 대해서 다소의 이해가 있어야겠어." 할 얘기가 있다는 태도로 창밖을 불안스럽게 한 번 내다보고 나서 그는 자리에 앉았다. 식탁 앞에서 머리도 손도 없는 실내복만이 기적적으로 쥐어진 내프킨으로 보이지 않는 입술을 닦는 바람에, 그것을 바라본 켐프는 모든 의혹이 번갯불처럼 번쩍했다가 사라지는 걸 느꼈다.

"그것쯤은 지극히 간단한 일이지. 그리고 상식 이내의 것이야." 내프킨을 옆으로 치우면서 그리핀이 말했다.

"그대에게는 아무 의문이 없겠지만 그러나……." 켐프가 웃었다.

"글쎄, 그럴 거야. 나도 처음에는 물론 굉장한 것 같았어. 그러나 이젠, 정말이지, 그렇지만 아직도 우리는 큰일을 할 수 있어! 내가 이것을 처음으로 착상한 것은 체즐스토에서였지."

"체즐스토?"

"런던을 떠난 뒤에 그리로 갔었지, 그때 내가 의학을 집어치우고 물리학을 선택한 것을 아나? 나는 물리학을 택했지. 그때 광선이 내 마음을 끌었어."

"아!"

"광학적 밀도 말이야! 이 문제가 수수께끼투성이거든. 해결의 서광이 신비롭게 비치는 저 수수께끼, 게다가 스물세 살의 정열이 넘쳐흐른 나는 거기에 내 생명을 바치기로 했었네. 그만한 가치가 있었으니까. 그래도 아다시피 인생 23세에 이르는 바보가 아닌가?"

"그때의 바보인가, 현재의 바보인가." 켐프가 말했다.

"아는 것만이 인생의 모든 만족을 채워 주는 것처럼?"

"그러나 나는 연구에 착수했어, 감둥이처럼. 그래서 여섯 달 동안 연구하고 사색하는 사이에 갑자기 깜깜한 가운데서 서광의 빛이 비치기 시작했단 말이야! 나는 색소와 굴절의 일반 원칙—공식, 사차원에 관련된 기하학적 해명에 도달했어. 바보나 문외한—심지어 일반 수학자조차 어떤 일방적 설명이 분자물리학도에 대해서 무엇을 의미하는지 알지 못하고 있어. 내 책—그 책은 그 부랑자가 감춰 버렸어—은 경이와 기적에 차 있어. 그러나 그것은 방법이 아니었어. 차라리 그것은 물질의 내용을 조금도 변경시키지 않고— 약간의 경우에 색채만을 예외로 하고— 고체나 액체 같은 물질의 굴절표(屈折表)를 실용성에다가 부합시키기 위하여 공기의 굴곡표까지 낮출 수 있는, 그러한 어떠한 방법론을 가능케 하는 하나의 착상을 말하는 것이야."

"푸우!" 켐프가 말했다. "그것 이상한데! 그러나 여전히 나로서는 도저히 이해할 수 없어. 나로서 이해할 수 있는 것은 그렇게 함으로써 값나가는 돌(보석)을 못 쓰게 만든다는 것뿐이야. 인간의 투명성에 이르러서는 전도가 요원해."

"바로 그 점이야." 그리핀이 말했다. "그러나 생각해 보게. 보인다는 것은 광선 위에서 보이는 물질이 어떻게 움직이느냐에 달렸다는 것을, 자네가 문외한이라고 가정하고서 기본적인 몇 가지 사실을 얘기해야겠어. 그렇게 하는 것이 내 말을 더 잘 이해할 수 있을 거야. 자네도 잘 아다시피 모든 물질은 광선을 흡수하거나 반사하거나 굴절을 가져오지 않으면 이 세 가지 전부를 겸하네. 만약 물질이 반사도 하지 않고 굴절도 않고 게다가 흡수조차 않을 때에는 그 물질이 눈에 보이지 않는 법이야. 가령 여기에 불투명한 붉은 상자가 보인다고 하자. 그렇다면 그것은 색채가 약간의 광선을 흡수하고 나머지를 반사하는 바람에 그대의 눈으로 전해지는 것은 붉은 부분의 광선뿐이기 때문이야. 만약 그것이 조금도 광선을 흡수하지 않고 전부를 반사해 버린다면 그때는 반짝이는 흰 상자로 보여진다. 은이 그렇다네! 다이아몬드 상자일 것 같으면 대체로 광선을 그다지 흡수나 반사를 하지 않는 법이지만, 적합할 경우에는 광선이 반사도 되고 굴절도 하는데, 이 때문에 찬란한 반사와 반투명에서 오는 현란한 광경을 나타내는 거야. 일종의 광선의 해골이라고나 할까. 유리상자가 다이아몬드 상자보다 찬란하고 똑똑하게 눈에 들어오지 않는 것은 굴절과 반사가 그만큼 적기 때문이야. 알겠지? 일정한 시각(視覺)에서는 좀더 똑똑하게 볼 수 있어. 어떤 종류의 유리는 다른 유리보다 더 잘 보이는 경우가 생긴다. 연마된 유리는 보통 창에 끼는 유리보다 광채가 난다. 퍽이나 얇은 보통 유리로 된 상자는 광선이 좋지 못할 경우에 보기 힘들어. 왜냐하면 광선을 흡수한다든가 반사나 굴절하는 일이 거의 없기 때문이야. 그런데 여기에 한 장의 보통 흰 유리를 물 속에 집어넣는다든가, 나아가 물보다 진한 액체에다가 담그는 경우에, 유리는 거의 한꺼번에 사라지고 마네. 그것은 물에서 유리로 통과하는 광선은 극히 일부분만이 굴절되거나 반사하며, 그 영향을 거의 받지 않기 때문이라고 설명할 수 있어. 그것은 공기에 뜬 한 줄기 석탄 가스나 수소같이 거의 보이지 않는다. 그러기에 이와 똑같은 이유에서 가능하다는 거지!"

"응." 켐프가 말했다. "거기까지는 무난한 설명이야. 요즈음 학교에 다니는 애들이라도 그것쯤은 알고 있을 텐데."

"그러면 여기에 학생들이 알고 있는 또 한 가지 사실이 있네. 유리 한 장을 깨어 가지고, 자네 가루로 만들어 봐. 그것이 공기 중에서는 전보다 더 잘 보일 것이네. 그것은 가루일 경우에, 굴절과 반사작용이 일어나는 유리의 표면이 확대되었기 때문이야. 그러나 한 번이 흰 유리가루를 물 속에 집어넣는다고 하자. 그렇게 되면 즉시로 형태조차 보이지 않는다. 유리가루와 물은 거의 비슷한 굴절표를 가지고 있어. 다시 말하면 광선이 한 방향에서 다른 방향으로 통과하는 데 전연 굴절이라든가 반사작용을 일으키지 않는다."

"유리를 그와 동수(同數)의 굴절표를 가진 액체에다가 넣을 때에 유리가 보이지 않게 할 수 있는 것과 마찬가지로 모든 투명체가 그와 동일한 굴절표를 가진 매개체에다가 집어넣으면 보이지 않게 된다는 것이네. 그렇다면 잠깐만 그대가 생각해 보아도 굴절표를 공기와 같이만 할 수 있다면 유리가루도 안 보이게 할 수 있다는 것을 알 수 있다. 그런 경우에는 광선이 유리로부터 공기로 통과할 때에 아무런 굴절도 반사도 일어나지 않는다.”

“그래, 그래.” 켐프가 말했다. “하지만 인간은 유리가루가 아니거든!”

“아니지.” 그리핀이 말했다. “인간은 보다 더 투명체야!”

“우스운 소리!”

“내 말은 어느 박사의 입에서 나온 말이야. 웬 건망증이야! 10년 동안에 벌써 그때 배운 물리학을 잊어버렸나? 모든 물질이 사실은 투명하면서도 보이기에는 그렇지 않다는 것을 생각해 보구려! 가령 종이를 말하면 투명한 섬유질로 되어 있는데, 그것이 희고 불투명하게 보이는 이유는 유리가루가 희고 불투명하다는 것과 마찬가지네. 종이뿐인가. 솜의 섬유가 있고 마포(麻布)의 섬유, 털의 섬유, 그리고 뼈, 켐프의 살, 켐프의 털, 켐프의 손톱. 이 사람의 신경, 이 사람의 혈액의 붉은 것과 모발의 검은 색소를 제외하고 보면 인체의 전체 조직은 투명 무색한의 섬유로써 구성되어 있는 것이지. 서로 보이게 하기 위하여 다른 아무것도 필요없다는 이유가 여기에 있어. 대부분의 생물의 섬유는 물보다 불투명한 것은 아니야.”

“물론, 물론이지!” 켐프는 소리를 질렀다. “지난밤에 내가 생각해 본 것은 바다의 유충류(幼虫類)나 해파리뿐이었지!”

"이제야 알았군! 이 모든 것은 내가 런던을 떠난 뒤
—지금부터 6년 전에 알게 되었고 구상된 것이네. 그러
나 나는 그것을 나 혼자만이 간직했지. 나는 '무서운 역
경에서 내 일을 하지 않으면 안 되었네. 나의 담당교수
호베마야말로 과학적인 보수파요 이론의 도둑이었다.
그는 노상 남의 것만 노리고 있었지. 그대는 저 도둑놈
같은 과학계의 습성을 알지. 나는 철두철미 발표를 보
류하고 그녀석에게 나의 공로를 나누어 주려 하지 않았
어. 나는 계속 일을 진행했지. 나의 방식이 기도하던 실
험으로 접근하여 가던 중이었다. 나는 아무에게도 얘기
하지 않았다. 그것은 한꺼번에 나의 연구를 세계에 발
표하여 단번에 결정적인 성과를 거두어서 일약 유명해
져 보겠다는 이유에서였네. 색소의 문제를 가지고서 나
는 몇 가지 맹점을 해결하려 들었는데, 그때 돌연—계
획에 의한 것이 아니라 우연히—나는 생물학에서 한 가
지 새로운 발견을 했던 것이네."

"그래?"

"그대는 혈액 내의 붉은 색소를 알겠지. 이것은 희게
도 할 수 있고 무색으로도 할 수 있으면서 모든 기능에
는 하등 영향이 없다는 것을!"

켐프는 믿을 수 없는 감탄의 소리를 내질렀다.

투명인간은 일어서서 좁은 서재 안을 왔다갔다했다.
"자네도 놀랄 거야, 그날 밤을 나는 기억하고 있네. 그
것은 늦은 가을 한밤중이었다. 주간에는 하품이나 하는

바보 같은 학생들을 상대해야 했지. 그래서 새벽녘까지 일하는 수가 가끔 있었어. 그것은 돌연 아름답게 완성된 것으로 내 머리에 떠올랐네. 나는 혼자였지. 실험실은 조용했다. '동물— 섬유—을 투명하게 할 수 있다! 안 보이게 할 수 있다! 색소 이외의 모든 것을 나도 보이지 않을 수 있다!' 나는 말했다. 이런 지식을 가지고 반백증이 되어 보자는 의도가 무엇을 의미하는가를 깨닫고 나서, 그것은 너무나 엄청난 체험이었네. 나는 진행중의 노과실험(濾過實驗)에서 떠나서 커다란 창문으로 가서 별을 쳐다보았다. '내가 보이지 않게 된다면!' 나는 되풀이했다.

　이러한 일을 하기 위해서는 마술에서 초월해야 했다. 그래서 나는 아무런 의문 없이 이 투명성이 인간에 대해서 가져올 아름다운 앞날을 내다보았네. 그 신비, 권력 그리고 자유, 거기에는 아무런 결함도 없었네. 한 번 생각해 보구려! 여기 내가 있다는 것을, 누추하고 배고픈 실험실의 한 조수, 시골 대학에서 바보들을 상대로 교수해야 하던 신세에서— 이렇게 되었다는 것을 누구든지, 정말이야 이 연구에 모든 것을 송두리째 바쳤을 것이다. 그래, 나는 3년을 노력했다. 애쓴 끝에 한 고비를 넘어서면 또 한 고비가 가로놓여 있는 것이었다. 그 무한히 세밀한 세계! 그리고 그 초조! 교수가, 시골 대학 교수 하나가 언제나 노리고 있다는 것, '언제 연구 발표를 할 작정이지?' 이것이 노상 하는 질문이었어. 게

다가 저 학생들, 서글픈 방편들! 3년을 그렇게 하면서
……."

"비밀과 고생의 3년이 지난 뒤에 드디어 나는 이것을
완성한다는 것이 불가능하다는 것을 발견하게 되었네.
불가능하다는 것을."

"어떻게?" 켐프가 물었다.

"돈이야." 투명인간이 말했다.

그리고 다시 창밖을 응시하는 것이었다.

그는 갑자기 뒤돌아섰다. "늙은이한테서 돈을 뺏었어.
부친 돈을 뺏었지. 그런데 그 돈은 부친의 것이 아니었
어. 그래서 그 뒤 그는 권총으로 자살을 하고 말았지."

20   그레이트 포트랜드 로(路) 하숙집에서

잠시 켐프는 창가에 서 있는 머리 없는 형태의 뒷모
양을 바라보면서 말없이 앉아 있었다. 그러자 무슨 생
각이 났는지 정신을 차리고 일어서서 투명인간의 팔을
잡고 자기에게로 잡아당겼다.

"자네는 피로해." 그가 말했다. "나는 앉아 있는데 그
렇게 서서 다니니, 이 의자에 앉구려."

그는 그린핀과 거기서 가장 가까운 의자 중간에 자리
를 잡았다.

잠깐 동안 그리핀은 가만히 앉아 있다가 말을 계속했
다.

"이미 나는 체질스토 대학을 나오고 말았어." 그는 말했다.

"그런 일이 있은 뒤, 그것은 작년 12월이었어. 나는 런던에서 방을 정했지, 그것은 그레이트 포트랜드 가까운 빈민굴로서, 가구도 없는 형편 없는 하숙집이었지. 방안은 부친의 돈으로 사들인 장치들 때문에 발들여 놓을 여지가 없게 되었고, 일은 꾸준히 잘 진행되어 완성에 가까워 가고 있었네. 깊은 숲에서 나온 사람 모양 나는 비극에 직면하게 되었네. 나는 부친의 시체를 묻으러 갔어. 나의 정신은 이 연구에만 집중되어서 부친의 비행(非行)에 대해서 어떻게 해보려는 생각은 없었다. 아직도 나는 장례식 때 일이 기억나네. 값싼 영구차, 보잘것 없는 장례식, 바람이 일어나고 서리 찬 산비탈, 그리고 그를 위하여 추도문을 올리는 한 사람의 대학 동창— 초라한 모습에, 검은 옷을 입고 허리가 꾸부정한 늙은이가 살을 에는 듯한 추위에 서 있는 광경……."

"거기서 텅빈 내 집으로 돌아갔을 때 일을 나는 기억하네. 거기는 본래 마을이었으나 지금은 건축업자들의 손으로 도시의 저 천편일률적인 값싼 주택이 들어서 있었지. 나는 부친에 대해서 조금도 섭섭한 생각은 없었어. 내 보기에 그는 자기의 어리석은 감상주의의 피해자가 되었다고밖에 볼 수 없었지. 시대의 인습에 따라서 장례식에 참석하긴 했으나, 그러나 진정 그것은 나 자신의 일은 아니었지.

　그러나 하이스트리를 따라 거닐면서 잠시 그 옛날의 기억이 나에게로 되돌아오는 것이었네. 거기서 나는 10년 전부터 알고 지내던 한 아가씨를 만났어. 두 사람의 시선이 마주쳤지."

　무엇인지 나로 하여금 머리를 뒤로 돌리게 했고, 그녀를 향해서 애기를 시키도록 했어. 그녀는 지극히 평범한 인간이었네. 이 모든 것이 꿈만 같았어.그 옛날의 고장을 방문한 것은 그때 거기서 나는 외롭다고 생각하지 않았고, 이 세상을 나와서 한 처량한 구석을 찾아들었다는 생각은 없었어. 나에게 그것을 가상히 여기는 생각이 없었다는 점을 이해하면서도 나는 그것을 넓은 인생의 공허감으로 돌려 버렸네. 내 방으로 되돌아오자 나는 현실을 회복한 것 같았지. 거기에는 내가 알 수 있고 사랑하는 것들이 있었어. 기계가 서 있었고 실험할 준비가 되어 나를 기다리고 있었네. 게다가 이제는 잔일을 계획하는 것 이외에 그다지 어려운 일은 남지 않았지.

　자네에게 조만간 모든 복잡한 과정을 애기해 주지. 지금 그런 것까지 덤벙거릴 필요는 없네. 그 대부분은 내가 기억하고 싶은 몇 가지 난점을 보존하기 위하여, 이에 대해서는 저 부랑자가 숨겨 버린 문제의 책에다가 암호로 적어 두었네. 우리는 그녀석을 잡아내야 해. 그 책을 도로 찾아야겠어. 그러나 가장 중요한 점은 굴절도(屈折度)를 에텔의 미동하는 것과 비슷한 두 개의 발광점(發光點)의 지점으로 내려놓아야 하는 투명체를 어떻게 처리하느냐에 달렸는데, 이 문제에 대해서는 나중에 좀더 소상하게 설명할 작정이네. 아니, 론첸 진동은 아니야. 이것들을 거기에다 적어 두었는지는 모르겠으나 틀림없는 사실이지. 나는 두 개의 조그만 동력원(動力源)을 필요로 했는데, 값싼 가스 엔진을 가지고 시험했네. 첫번째 실험은 약간의 흰 순모 섬유를 가지고 했어. 그 부드럽고 흰 것이 불꽃 속에서 나풀거리면서 드디어는 한 줄기 연기 모양 사라지는 것을 들여다보는 것은 세상에도 가장 신기한 일이었어.

내가 해놓은 것을 나 자신 믿기 어려웠네. 손을 내밀어 허공에 들이밀고 나서 거기에 물체 그대로의 부딪침이 있는 것을 알았네. 나는 겁이 나서 그것을 방바닥에 팽개쳤지. 그러나 그것을 다시 찾는데 아무런 힘도 들지 않았어.

그러나 마음속에 묘한 체험을 얻었어. 뒤에서 고양이 소리가 들려왔지. 뒤돌아보니 몹시 꾀죄죄하게 여윈 흰 고양이 한 마리가 창밖 송수관 위에 움츠리고 있는 것을 발견했네. 한 가지 착상이 내 머리를 스쳐갔어. '모든 것이 너를 위하여 준비되어 있다.' 이렇게 말하고 나서 나는 창 있는 곳으로 가서 창문을 열고 조용히 짐승을 불러들였네. 목구멍을 고르르륵하며— 불쌍한 짐승은 굶어 있었네—들어왔네. 나는 우유를 약간 주었네. 음식은 구석의 찬장 안에 모두 들어 있었지. 고양이는 냄새를 맡으면서 방안을 돌아다니더니 다소 안심한 모양이었네. 눈에 보이지 않는 양탄자가 짐승을 당황하게 만들었지. 그러나 나는 그것을 나의 간이침대 베개 위에 기분좋게 앉혀 놓았어. 그리고 버터를 먹이고 나서 세수를 시켰네."

"고양이를 실험했단 말인가?"

"그렇지, 그러나 고양이에게 극약을 먹인다는 것은 농담이 아니야, 이 사람아! 그런데 이 실험은 실패하고 말았어."

"실패했다니?"

"두 가지 점에서, 그것은 발톱과 저 색소 그게 뭐지? 고양이 눈알에 박힌 것 알지?"

"발광막 말인가."

"그래, 그 발광막이었어, 그것이 통하지 않았어. 여러 가지로 실험을 했으나 결국에 가서는 도깨비 같은 두 개의 눈알만은 그대로 남더군."

"신기한데."

"나로서는 그것을 설명할 수 없어, 짐승은 붕대를 매주고 만져 주고 해서—그래서 살기는 했지. 그러나 잠이 깨면 여전히 멍하니 있었고 기분 나쁜 울음 소리를 냈네. 그러자 밖에서 문을 두드리는 소리가 났지. 아래층 노파였는데, 내가 해부나 해버린 것이 아닐까 수상해서 찾은 것이었네. 세상에서 고양이 한 마리밖에는 마음 붙일 곳이 없는 늙은 술고래……나는 마취제를 약간 뽑아내어 가지고 놓았네. 그리고 문 있는 데로 갔어. '고양이 소리가 나던데.' 여자가 물었어. '우리 고양이는 아니죠?' '없어요.' 나는 시치미를 떼고 대답했지. 그녀는 약간 수상한지 실내를 들여다보았으나 결국 그냥 가 버렸네."

"시간은 얼마나 걸렸던가?" 켐프가 물었다.

"서너 시간. 그 고양이는 뼈와 살과 지방질이 있는 데가 맨 나중에 사라지고 다음으로 흰털 끝이었어. 그러나 눈만은 어떻게 할 도리가 없었어."

"이럭저럭 바깥은 밤이 된 지 오래였고 고양이는 희미한 두 눈과 발톱밖에 보이지 않았지. 나는 가스 엔진을 끄고서 여전히 무감각 상태에 있는 짐승을 어루만져 보았네. 그러고는 피로했기 때문에 보이지 않는 베개 위에 누워 그대로 잠자리로 들었지. 그러나 좀체로 잠이 오지 않았네. 두시쯤 되어, 고양이가 방을 돌아다니기 시작했네. 나는 달래 가지고 소리를 못 내게 하려다가 그 대신 밖에다 내버리기로 했지. 불을 켰을 때의 놀람은 지금도 기억에 생생하네. 거기에는 다만 푸른색으로 반짝이는 둥그런 눈만이 있었고 그 외에는 아무것도 없었지. 우유를 줘야겠으나 그냥 두기로 했네. 고양이는 앉은 채 문을 향해서 소리를 내는 것이었네. 창밖으로 내던질 작정으로 잡으려 했으나 잡히기는커녕, 그냥 사라지고 말았네. 고양이는 아랑곳없이 실내 여기저기로 위치를 바꿔 가며 소리를 내었지. 드디어 나는 창문을 열어젖혔어. 드디어 짐승이 나간 것으로 나는 알았지. 그 뒤 나는 이 짐승에 대해서 일체 본 일도 얘기를 들은 일도 없었네. 그랬더니 세상에 이럴 수가 있겠나. 나는 다시 부친의 장례식을 생각하게 되었고, 저 우울하고도 바람 센 산허리를 날이 밝아올 때까지 생각하고 있었네. 잠이 오지 않아 나는 문을 잠근 다음 아침의 거리로 정처없이 뛰어나왔네."

"그대는 보이지 않는 고양이가 이 세상을 횡행하고 있었다는 것을 얘기하는 건가?" 켐프가 물었다.

"그놈이 죽지 않았다면." 투명인간이 대답했다. "그럴 수도 있겠지."

"그럴 수도 있겠지?" 켐프가 말했다. "자네 얘기를 방해할 생각으로 묻는 말은 아니야."

"지금쯤은 아마 죽었을 거야. 그 뒤 나흘 동안은 살아 있었다는 것을 나는 알고 있었지. 그레이트 틱필로 살창 밑에 사람들이 모여서 고양이가 어디서 온 거냐고 눈을 둥그렇게 뜨고 들여다보는 것을 목격했기 때문이네."

그는 1분 가까이 아무 말이 없었다. 곧이어 말을 계속했다. "그날 아침 산보를 나갔을 때의 일을 나는 생생하게 기억하네. 거리를 지나 나중에는 프림로즈힐 산마루 햇빛 아래, 나는 몸이 퍽 좋지 못하고 기분이 이상해서 그냥 앉아 있었네. 그것은 1월의 어느 햇빛 찬란한 날이었지. 나의 고달픈 머리는 어디로 이동해 볼까 장소를 찾고 있었다네.

이제 최후의 성과가 손아귀에 들어왔으나 결과에 대해서 불만이 많다는 것을 발견하고 놀랐지. 그러는 사이에 나는 너무나 피로해졌네. 근 4년 동안이나 긴장 가운데 계속 연구에 종사한 나머지 이젠 그야말로 기진맥진해지고 말았네. 나는 싫증이 났지. 그러나 일부러 연구를 시작했을 당초의 정열과 부친의 백발을 죽음으로 떨어뜨리기까지 한 발견에의 의욕을 되살려 보려 했으나 소용이 없었네. 모든 것에 관심이 없었지. 그것이 과로와 수면 부족에서 오는 과도기적인 심리 상태임을 나는 인정했어. 그래서 복약(服藥)이나 휴식으로 나의 정력을 회복시킬 수 있지 않을까 생각해 봤지.

지금 생각나는 것은 이 일을 수행해야겠다는 결심뿐이었네. 이 움직일 수 없는 생각이 여전히 나를 지배했지. 그러는 사이에 가진 돈이 다 떨어져 갔어. 소녀들이, 어린이가 노는 것을 바라보고 있는 언덕 중턱으로 눈이 가면서 투명인간만이 가질 수 있는 모든 놀라운 이점을 생각해 보았네. 잠시 후 나는 힘없이 집으로 돌아와서 식사를 하고 잘 듣는 스트리기니네 수면제를 먹고서 옷을 입은 채 침구도 깔지 않은 침대 위에서 잠이 들었네……. 기니네는 이 사람아, 우울증을 몰아내는 데는 근사한 약이야."

"그건 사람을 죽이는 거지." 켐프가 말했다. "그걸 먹으면 석기시대의 야생인(野生人)이 되고 마는 거야."

"잠이 깨자, 훨씬 기운이 나고 약간 기분이 뒤숭숭해

졌어, 알겠지?"

"나도 그 약은 알아."

"그러자 누군가가 문을 두드렸어. 나이 많은 폴란드 계통의 유태인인 이 집 주인이 검고 긴 코트를 걸치고 때에 절어 반질반질한 실내용 구두를 신고서 협박조로 따지기 시작했지. 지난밤에 그 고양이를 죽인 것이 아닌가 따지기 시작했다네. 그 노파는 도대체 입이 싼 편이었지. 집주인은 모든 것을 알고 있다고 나왔네. 생체를 해부한 데 대한 국법이 엄중하니 처벌을 받을 일이라고 했지. 나는 고양이 건을 부인했네. 그때 작은 가스 엔진의 털털거리는 소리가 온 집안에 떠들썩했다고 말했지. 물론 그건 사실이지, 나는 그를 밀고 방안으로 들어와서 은으로 만든 독일제 안경 너머로 노려보기 시작했어. 나의 비밀이 탄로나지 않을까 하는 불안이 불현듯 내 머리에 떠올랐네. 나는 설치해 놓은 기계에 접근을 못하게 했어. 그것이 더 한층 의심을 샀다. 뭘 하고 있었던가? 왜 언제나 그렇게 혼자만이 비밀스러울까? 불법이 아닌가? 위험하진 않을까? 집세로 말하더라도 보통 이상은 지불한 예가 없었네. 평이 나쁜 이웃에서 이 집안은 항상 험잡을 곳이 없었지. 갑자기 나는 참을 수가 없었네. 나는 싸게 해달라고 말했지. 그는 항의했고 당연히 안으로 들어갈 수 있다고 주장하기 시작했네. 순간 나는 그 녀석의 멱살을 잡고 흔들었네— 무엇이 부러졌어— 그러자 그는 허둥지둥 나가 버렸네. 나는 탕! 문을 닫고 열쇠를 잠그고 떨면서 주저앉았지.

집주인은 밖에서 옥신대고 있었으나 나는 내버려 두었네. 그러자 곧 가버렸어. 그러나 이 일로 말미암아 일을 망치고 말았네.그녀석이 무슨 짓을 할는지 알 수 없었고, 어떤 권한이 있는지도 몰랐지. 다른 아파트로 옮겨가는 것은 일이 그만큼 지연된다는 것을 의미했지. 이럭저럭해서 나에게는 총재산이 20파운드밖에 남지 않았네. 그것도 대부분 은행에 들어 있어서 마음대로 할 수 없었어. 없어져 버릴까! 그 길이 최상인 것 같았지. 그러나 그렇게 한다면 조사가 없을 것이고 내 방을 노략질할 것이네.

내가 하는 일이 탄로나지 않았으면 중단해야 할 최대의 위기에 직면했다는 생각이 머리에 떠오르자, 나는 노염이 복받쳐올랐고 그냥 가만히 있을 수 없게 되었네. 세 권의 책과 수표장—이건 저 부랑자 녀석이 가지고 있을 거야—을 가지고 재빠르게 나는 밖으로 뛰어나왔지. 그리고 그것을 가장 가까운 우체국에서 연락이 있는 데로 우송하게끔 수속을 했어. 나는 소리없이 빠져나갔네. 돌아오자 집주인이 조용히 위층으로 올라오는 소리가 들렸어. 그는 문이 닫히는 소리를 들었던 모양이야. 이쪽에서 뒤를 쫓아 닥치는 바람에 그녀석이 계단 입구에서 펄쩍 뛰면서 비키는 꼴을 봤더라면 웃음을 금치 못했을 거야. 내가 옆을 스쳐가는 것을 그녀석은 눈에 불을 켜고 노려보았고, 온 집이 떠나가도록 나는 문을 닫았네. 주인놈이 내 방 문간까지 올라와서 머 뭇거리다가 내려가는 소리가 났네. 그러자 나는 앞서 말한 준비에 착수했지.

그날 밤 나는 일을 끝냈어. 아직도, 혈액을 탈색하는 약품의 불쾌하고도 혼미로운 힘이 가시지 않은 채 앉아 있는데 밖에서 연이어 노크하는 소리가 났지. 한 번 그쳤다가 발자국 소리가 사라지더니 다시 노크는 시작되 었네. 그러자 문 밑바닥으로 무엇을 밀어넣는 것 같았 어. 그것은 한 장의 하늘색 종이었네. 화가 왈칵 치밀어 오른 나는 일어서서 문을 활짝 열어젖혔네. '자, 어떻게 할 테야?' 나는 말했지.

그것은 집주인이었어. 그는 퇴거장인가 뭔가를 가지 고 왔던 것이네. 그것을 내 앞에 내밀던 그가, 뭔지 기 묘한 것을 목격했네. 그것은 나의 예상 그대로였지. 그 는 내 얼굴을 쳐다보았네.

잠시 그는 숨을 헐떡거리기만 했지. 그리고 요령 부 득의 소리를 지르면서 쥐었던 초와 종이를 한꺼번에 떨 어뜨리고 어두운 통로를 정신없이 내려가 버리는 것이 었지.

나는 문을 닫고 잠시 뒤 거울 앞으로 갔어. 그러자 나는 집주인의 공포를 알 수 있었네. 내 얼굴이 흰 돌 처럼 새하얗게 변해 있었지.

그것은 정말 등골이 서늘해질 지경이었네. 나는 고통 이 올 줄은 몰랐어. 온 밤을 말할 수 없는 고뇌와 아픔과 그리고 기절의 시간이 흘렀네. 나는 입을 악물었지. 그러자 온몸에서 열이 올랐어. 나는 정말 죽은 사람처럼 누워 있었지. 그제야 나는 저 고양이가 진통제를 놓기 전까지 울어대기만 한 이유를 알았네. 혼자서 누구의 간섭 없이 내 방에 있었다는 것만이 다행이었지. 거기서 나는 이따금씩 울고 신음하고 지껄이기까지 했네. 그러나 나는 그대로 버티었네……. 나는 정신이 없어졌지. 그러자 어둠 속에서 노곤한 가운데 잠이 깨었네.

 고통은 가셔졌지. 죽을 것같이 생각되었으나 나는 겁내지 않았지. 아직도 나는 그날 새벽 일을 잊을 수 없네.내 손이 흐린 유리처럼 되어가는 것을 내려다볼 때의 공포감, 그것이 시간이 갈수록 맑아지고 희미해지는 것을. 투명한 눈시울은 잠겼건만 뒤숭숭한 실내의 혼미로운 광경이 떠오를 때까지 보고 있을 그때의 기묘한 공포감을 잊을 수 없네. 내 팔다리는 유리처럼 투명해지고 뼈와 동맥이 안 보이게 되자 맨나중에 가서 희고 미세한 신경이 사라지고 말았네. 이를 갈면서 나는 끝까지 그대로 참았어. 최후로 손가락에 묻은 산(酸)의 흔적이 파랗게, 희게, 밤색으로 손가락 끝에 남았지.

 나는 기어코 일어섰네. 처음 나는 붕대를 감은 갓난아이처럼 수족을 쓸 수 없었어. 보이지 않는 팔다리를 쓰면서 기운이 없고 여간 시장하지 않았지. 나는 면도할 때에 쓰는 거울 앞에 가보았으나 거울 안에는 아무것도 없었다네. 최후의 발악과 같은 용기를 내어 나는 기계 장치가 되어 있는 곳으로 되돌아가서 나머지 과정을 마쳤어.

그리고 시트를 눈 있는 데까지 걷어올리고 광선을 막고 나서 오정 때까지 잠을 잤지. 오정이 될 무렵 노크 소리가 나자 다시 잠이 깨었네. 나는 기운을 회복했어. 일어나 앉은 나는 누가 속삭이는 것에 귀를 기울였지. 나는 뛰어 일어나서 기계의 연결을 끊고 아무도 다시 장치를 못하도록 무질서하게 만들어 놓았네. 곧 노크 소리가 다시 들려오면서 부르는 사람 소리가 났어. 처음에 집주인이, 다음에 두 사나이의 소리가. 시간을 얻기 위해서 나는 대답했지. 보이지 않는 양탄자와 베개가 손에 쥐어졌기에 나는 창문을 열고 송수관 위로 집어던졌어. 창문이 열렸을 때 문에 부딪치는 무거운 연장 소리가 들렸네. 자물쇠를 부술 양으로 누가 문을 내리쳤던 모양이야. 그러나 며칠 전에 내가 못박아 놓은 옆문 빗장이 그것을 막았어. 그것이 나를 놀라게 했네. 아니 노하게 했어. 몸이 떨리기 시작하면서 재빠르게 나는 일을 해치웠지.

나는 약간의 지저분한 종이, 짚, 포장용지 등을 방 한복판에 집어던지고 가스의 스위치를 돌렸네. 비오듯 무거운 타격이 문을 향하여 쏟아졌어. 성냥이 보이지 않았지. 분통이 터진 나는 양손으로 벽을 쳤네. 다시 나는 가스를 막았어. 그리고 창밖에 붙은 송수관 위로 뛰어올라 퍽이나 조심스럽게 창틀을 내린 후 안전하고 보이지 않는 위치에 앉아서 여전히 노여움이 복받쳐오르는 가운데 사태를 응시했어. 그들이 내 눈앞에서 판자 한 장을 부수고, 다음 순간에는 빗장을 깨뜨리고서 열려진 문턱에 들어섰지. 그들은 집주인과 두 이부(異父) 아들—스무너댓 살쯤 되어 보이는 힘깨나 쓰는 두 사내놈이었어. 그 뒤에 아래층에 사는 그 보기 흉한 노파가 파드락 뛰고 있었네.

방이 텅 비어 있는 광경 앞에 놀란 그들을 상상해 보구려. 젊은 놈 하나가 당장에 창문 있는 곳으로 달려와서 화닥닥 창을 열어젖히더니 밖을 노려보았네. 그 칙칙한 두 눈, 두터운 입술, 털보 얼굴이 내 얼굴에서 몇 자 거리로 다가왔어. 이 바보 같은 면상을 한 대 갈기고 싶은 생각이 났지만 주먹을 꽉 쥐고 참았지.

젊은 사내놈은 나를 응시하고 있었어. 뒤따라온 것들도 나를 노려보았어. 늙은 집주인은 침대 밑을 들여다보고 찬장 있는 곳으로 뛰어갔어. 그들은 유태 말과 런던 방언으로 한참 동안을 떠들썩했네. 그러자 내가 대답한 것이 아니고 그들이 그렇게 착각한 것이라는 결론을 내렸지. 창밖에 앉아서 이 네 인간들의 일거수일투족을 구경하고 있는 사이에 노여움은 가시고 그 대신 이상하게도 나는 득의만만한 감정에 사로잡혔네. 왜냐하면 그 노파가 들어오더니 고양이처럼 주위를 수상하다는 듯이 살폈기 때문이지. 그들은 나의 행방에 관한 수수께끼를 풀려고 애쓰는 판이었지.

내가 알아들을 수 있는 범위 내에서, 그 노인은 내가 생체해부 상습범이라는 노파의 의견에 동의한 모양이야. 아들놈들은 제멋대로 내가 전기 기술자라는 것, 그래서 동력기(動力器)나 라디에이터를 사용한 것이라고 반대 의견을 제출했지. 건넛방에서 백정과 동숙하는 노변상인인 한 하숙인이 계단 입구에 나타나더니, 부름에 응해 들어와서 밑도끝도없는 얘기를 털어놓았어.

그때 내 머리에 떠오르는 것이 있었는데, 그것은 만약 나의 저 독특한 라디에이터가 어느 깜찍하고 지식이 풍부한 사람의 손에 들어간다면 나의 기회를 노릴 것이라는 불안이었어. 나는 창틀에서 방안으로 내려와 노파 옆을 지나 문제의 소형 발동기를 들고서 또 한 개의 발동기에 부딪쳐 기계를 못 쓰게 하고 말았네. 그들의 당황한 모습……. 그들이 이것을 가지고 시비하는 동안에 나는 방을 빠져나와 소리없이 아래층으로 내려갔지.

나는 아래층의 어느 한 방에 들어가서 그들이 내려올 때까지 기다리기로 했지. 그들이 아래층으로 내려오자마자 나는 성냥 한 통을 가지고 다시 한 번 위로 올라가서는 종이와 잡동사니를 묶은 무더기에다 불을 지르고 의자와 침구를 들어밀었네. 그리고 인디언 고무 주부를 이용해서 가스를 갖다댔어."

"그대는 그 집에 불을 질렀단 말인가?" 켐프가 외쳤다.

"집에 불을 질렀어! 나의 행적을 감추기 위해서는 방법이 없었고, 그냥 두다가는 십중팔구 탄로가 날 것 같았어. 현관문 빗장을 소리없이 빼고서 나는 거리로 나왔지. 나는 보이지 않았어. 게다가 이제부터 보이지 않는다는 이 절대의 무기를 한 번 시험해 볼 때는 왔다는 걸 알았네. 내 머릿속에는 벌써, 아무런 죄도 받지 않고서 할 수 있는 수많은 계획과 기상천외의 근사한 일들이 충만해 있었지."

21 옥스포드 로에서

"아래층으로 내려올 때에 발이 나는 보이지 않아 처음으로 곤란한 경험을 겪었네. 정말 나는 두 번이나 나자빠졌고 쥘 손을 잡는 데 뜻하지 않았던 불편을 느꼈어. 그러나 아래를 내려다보지 않은 채 무난히 평지를 걸어갈 수 있었지.

나는 기분은 정말 만점이었네. 보통 인간처럼 싸맨 발과 소리 안 나는 옷을 입고, 소경의 도시에 들어온 것 같았지. 사람들을 놀려 주고, 놀라게 해주고, 등을 쥐어박고, 모자를 뺏어 던지고 해서 나의 이 기묘한 힘을 이용해서 장난질해 보았으면 하는 충동이 한꺼번에 일어났네.

그러나 그레이트 포트랜드 로로 나올까말까 했을 무렵에(나의 하숙집은 큰 포목상 가게 바로 옆에 있었네) 꽝! 부딪치는 소리가 나더니 뒤통수를 심하게 얻어맞았어. 뒤돌아보니 유리그릇에 탄산수를 담은 바스켓을 든

한 사나이가 놀란 눈초리로 짐을 들여다보고 있었지 뭔
가. 그 바람에 나는 여간 얻어맞은 편이 아니었으나 그
렇게 깜짝 놀라는 꼴이 하도 우스워서 큰 소리를 내어
웃어 버렸네. '바스켓 속에 귀신이 들었네.' 나는 말했
지. 그리고 그 자리에서 사나이의 손을 비틀어 짐을 떨
어뜨리게 했네. 사나이는 가만히 있었지. 다음에 나는
바스켓을 하늘을 향해 집어던졌어.

그러나 술집 바깥에 서 있던 차부가 그것을 향하여
돌연 뛰어왔네. 그러자 사나이가 내민 손가락이 내 귀
를 심하게 내리쳤어. 바스켓이 철석! 하고 차부의 머리
위로 떨어졌지. 고함소리와 함께 사람의 발자국 소리가
들려오고, 사람들이 술집으로부터 뛰어나오고 마차까지
다가왔어. 비로소 나는 무슨 일을 저질렀는가를 깨닫고
서 나 자신의 어리석음을 저주하면서 상점 진열창에 등
을 대고서 이 난장판에서 빠져나갈 궁리를 하고 있었
네. 이 당장이라도 군중의 틈바구니 속에 끼여들면 영
락없이 발각될 판이었지. 나는 소년을 밀어젖히고 차부
의 네 바퀴 마차 밑으로 몸을 피했네. 소년은 다행히도
자기를 밀어제친 형태없는 나에게 시선을 돌리지 않았
네. 그 뒤의 일을 나는 모르네. 나는 재빠르게 길을 가
로질렀어. 다행히 거기에는 사람이 없었지. 이 혼란통
에 겁을 집어먹은 나는 허둥지둥 옥스포드 로의 오후의
인파 속에 뛰어들었네.

나는 사람의 물결 속으로 들어갈 작정이었어. 그러나

길에 인파가 너무나 빽빽했지. 그래서 곧잘 발뒤꿈치를 밟히곤 했네. 나는 도랑길을 택했지. 거기는 울퉁불퉁한 바닥이 발을 위태롭게 하기에 알맞고, 굴러가는 마차의 끝부분이 어깨죽지를 파고들어 적잖이 다친 것으로 생각되었어. 나는 허둥지둥 마차를 비켜, 있는 힘을 다하여 몸을 날려 우유차를 피하고 나서 대절한 마차 뒤에 서 있었지. 그때 근사한 꾀가 나를 살렸네. 그래, 이 마차가 천천히 달리는 바로 뒤를 따라가기로 했어. 나의 모험이 이 꼴이 되고 말았다는 것을 생각하니, 몸이 떨리기만 하고 놀라기도 하면서— 정말 나는 놀라 떨기만 한 것이 아니라 한기까지 치밀어왔네. 내 몸이 보이든 안 보이든 여전히 기후의 영향을 받아야 한다는 것을 계산에 넣지 않았다는 것은 나의 불찰이었네.

그때 적절한 생각이 내 머리에 떠올랐어. 나는 앞으로 돌아서 마차에 뛰어올랐지. 몸이 떨리고 풀이 죽었는데다가 감기의 첫 징조인 콧물이 나오기 시작했고, 게다가 얻어맞은 등골이 더 한층 쑤시기 시작하면서 마차는 옥스포드 로로부터 토테함, 코트 로를 지났네. 나의 기분은 바로 십 분 전에 할 수 있다고 생각한 것과는 딴판이었어. 이 보이지 않는다는 것은 정말! 그때 절박하게 나에게 닥쳐온 단 한 가지 생각은, 어떻게 하면 현재 당하고 있는 이 곤경에서 빠져나올 수 있느냐 하는 것이었지.

마차는 나를 싣고 마디로를 지나갔네. 거기서 노랑

표지의 책을 대여섯 권 손에 든, 키 큰 부인 하나가 내가 탄 마차를 향하여 소리를 질렀어. 그녀에게 자리를 비키느라고 위기일발로 뛰어내리기까지는 좋았으나 열차식 지붕 마차 한 대가 얼굴을 스쳐 휙 지나가는 것이었네. 나는 조용한 구석을 찾아 부룸즈베리 광장으로 접어들어 박물관 너머 북쪽으로 가던 중이었지. 이제 나는 말할 수 없이 몸이 얼었어. 그리고 이 기묘한 환경이 어떻게나 신경을 빼앗아 갔던지 달리는 나의 발길이 절리곤 했네. 광장 서쪽 구석에서 조그만 흰 개 한 마리가 약제사협회 사무실에서 뛰어나와 코를 땅에다 대고 나에게로 달려왔어.

그것은 뜻밖이었네. 그러나 사람이 눈으로 알 듯이 개는 코로서 알아내는 것이야. 사람이 눈에 보이는 형태를 가지고 판단하는 것과 마찬가지로 개는 후각으로 알아맞추지. 이 망할 놈의 개가 짖고 뛰고 하는 품이 내가 보기에는 나의 존재를 알았다는 명백한 표시였네. 어깨너머로 시선을 던지면서 나는 라셀로를 건넜어.

그러자 음악소리가 요란스럽게 들려왔네. 그래, 길을 따라 저쪽을 바라보니 수많은 사람들이 붉은 깃 높은 스웨터와 구세군 깃발을 선두로 라셀로에서 이쪽으로 행진하고 있었네. 한길에서 찬송가를 부르고 복도를 향해서 냉소하는 듯 다가오는 이 군중 사이로 뚫고나갈 자신은 없었네. 그러나 되돌아서기가 두려워지고 이제 가는 곳이 하숙집에서 멀어지는 것도 되고 해서 순간적

기분으로 결정한다고 한 것이 박물관 담장을 마주 바라
보는 어느 집 새하얀 계단을 쫓아 올라갔다네. 나는 군
중이 지나갈 때까지 거기에 서 있기로 했지. 다행히 개
는 악대 소리에 발을 멈추고 꼬리를 돌려 다시 부룸즈
베리 광장으로 되돌아 달아났네.

악대가 전진했어. 곡조는 공교롭게도 '주님 얼굴 볼
때'라는 나로서는 웃지 못할 찬송가였지. 행렬은 그칠
줄 모르고 지나갔네. 하나 둘, 하나 둘, 발자국 소리와
함께 요란스러운 북소리가 났지. 그러는 사이에 내가
서 있는 철책 옆에 두 사내아이가 와 있는 것을 깨닫지
못했지.

'저걸 봐.' 한 아이가 말했어.

'뭘 보란 말이야?' 또 한 아이가 말했지.

'뭐라니? 저 발자국 말이야. 맨발자국을, 진흙 위를
밟을 때처럼.'

'눈을 돌려 보니 어린아이들이 흰 칠한 지 얼마 안 되
는 계단 위에 남겨 놓은 발자국 앞에 서서 입을 벌리고
있었어. 지나가는 군중이 아이들을 떠밀고 부딪치고 했
으나 그들의 놀란 표정만은 눈에 띄게 되었네. 하나 둘,
하나 둘, 주님 얼굴, 하나 둘, 하나 둘, 볼 때에, 하나
둘 하고 지나갔네.

'맨발의 사나이가 계단을 올라갔나 봐. 아니, 난 모르
겠어.' 한 아이가 말했네. '그리고 미처 오지 않았어, 발
에서 피가 흐르네.'

군중의 대부대는 이미 지나갔지.

'저걸 봐.' 두 아이 중 어린 쪽이 놀라 소리쳤네. 그리고 손가락으로 바로 내 발을 가리켰어. 내려다보니 발에서 피가 마구 흐르는 바람에 희미하게나마 발 모양 같은 윤곽을 나타내고 있었지. 잠시 나는 전신이 뻣뻣해졌어.

'아냐—저건 붉은 람 술일 거야!' 나이 많은 아이가 말했어. '람 술을 퍼부었어! 흡사 도깨비 발같이 않고?' 머뭇거리다가 한 아이가 손을 내밀고 앞으로 걸어왔네. 손에 무엇이 잡히나 다가섰지. 그러자 한 소년까지 다음 순간에 나에게 닿을 뻔했어. 그때 나는 행동을 결정했네. 나는 발을 옮겨 놓았어. 그 소년이 악! 소리를 지르면서 물러섰지. 재빨리 몸을 돌려 나는 이웃집 현관으로 뛰어갔네. 그러나 키 작은 아이의 날카로운 시선이 그것을 따라 계단을 내려 복도 위에 발을 디디기도 전에 발이 벽을 타넘는다고 소리질렀네.

아이들이 내 뒤를 따라 새로운 발자국이 계단 아래쪽과 복도 위에 찍히는 것을 보았어.

'무슨 일이야?' 누가 물었지.

'발이! 보세요! 발이 달아납니다.'

지금 얘기한 세 아이 이외의 많은 사람들이 구세군의 뒤를 따라 물밀듯 몰려왔네. 일행은 나뿐만 아니라 군중까지 앞길을 막는 것이 되었지. 모두들 놀람과 동문서답의 소용돌이 속에 있었네. 이렇게 야단법석대는 틈을 타서 나는 그 나이어린 아이에게서 뺑소니를 치고 다음 순간에는 라셀 광장을 코가 땅에 닿도록 달렸네. 6,7명의 놀란 사람들이 나의 발자국을 따라왔지. 설명할 시간의 여유조차 없었어. 있었더라면 모든 군중이 내 뒤를 쫓았을 것이야.

　두 번이나 나는 맴을 돌았어. 세번째 길을 가로질러 제자리로 돌아왔지. 그러는 사이에 발이 뜨거워지고 마르고 해서 자국이 희미해지기 시작했네. 드디어 나는 잠시 숨을 돌이킬 여유를 얻었지. 두 손으로 발을 닦고 보니 완전히 보이지 않게 되었네. 끝까지 쫓아온 10여 명의 일단(一團)은 타빗스톡 광장의 물웅덩이에서 시작된 발자국이 서서히 말라가는 것을 한없이 당황한 눈초리로, 흡사 크르소가 절해(絶海)의 고도(孤島)에서 발견한 발자국처럼 유심히 들여다보는 것이었네.

　이렇게 줄행랑을 친 끝에 어느 정도 나는 마음을 단속하게 되었지. 그리하여 그 근처로 갈라진, 사람이 비교적 덜 드나드는 이길 저길을 전에 없이 자신 있게 거닐 수 있었지. 그러자 등골이 심히 쑤시기 시작했고, 차부의 손가락 덕택에 편도선이 아프고, 손톱에 긁혔던 목이 따끔거리기 시작했다네. 발도 부상이 심해서 한쪽 다리는 약간 절기까지 했네. 마침 그때 맹인 한 사람이 나를 향해서 오는 것을 보고 절면서 달아났네. 소경의 미묘한 육감이 두려웠기 때문이지. 한두 번 어쩌다가 부딪치는 경우가 생겼네. 그럴 때마다 나는 큰 소리로 종잡을 수 없는 욕설을 퍼부었다네. 그러자 조용히 내 얼굴에 내리는 것이 있었네. 동시에 광장 일대에 엷은 베일처럼 흰 눈가루가 내렸지. 나는 감기에 걸렸었네. 그래서 그대로 두면 이따금씩 재채기가 나올 지경이었지. 게다가 코끝을 내흔들며 이상하다는 듯이 냄새를 맡는 개를 볼 때마다 나는 등골이 서늘해졌네.

그러자 어른 아이 할것없이, 처음에는 하나가 다음에는 모두들 소리치며 달려갔어. 불이 난거야. 그들은 내 하숙집이 있는 곳으로 달려갔네. 그래서 목을 돌려 길목을 내려다보니 검은 연기가 지붕과 전신주 위로 뭉개뭉개 솟아오르는 것이었네. 그것은 틀림없이 내가 있던 하숙집이었어. 나의 옷가지, 기계, 나의 모든 재산은 포트젠드 로에서 기다리고 있는 수표장과 세 권의 책을 남겨 놓고 거기에 있었지. 타고 있는 중이었네! 나는 나의 배 [舟] 를 태 워 버린거야. 그것이 사람의 소행이라면! 그곳이 불타 오르고 있었네."

투명인간은 입을 다물고 생각에 잠겼다. 켐프는 초조한 빛으로 창밖을 내다보았다. "그렇지! 다음을 계속하구려."

22 백화점 안에서

"이렇게 해서 눈보라치는 지난 1월에—눈이 몸에 쌓이면 나의 형상이 나타났다네—피로하고 춥고 아프고 말할 수 없이 불행한 가운데, 그래도 여전히 보이지 않는 나의 위력을 반신(半信)하면서 이미 발을 내딛은 새로운 인생 도정에 나섰네. 나에게는 도피처도 실험도구도 호소할 만한 사람 하나 없었어. 게다가 비밀을 얘기한다는 것은 나 자신을 포기하는 것밖에 되지 않으니……. 구경거리가 아니면 기묘한 존재밖에는 되지 않을 것이네. 그럼에도 불구하고 지나가는 사람의 소맷자락을 붙들고 애원하고 싶은 생각이 없는 바 아니었네. 그러나 그렇게 함으로써 당해야 할 공포와 무서운 박해가 너무나 뚜렷하게 머리를 스쳐갔지. 거기에서 나는 아무런 계획도 세우지 않았어. 나의 유일한 목적은 사람의 눈을 피할 수 있는 안식처를 구하는 것과 몸을 덮어서 추위를 면했으면 하는 것뿐이었네. 그러고 나서야 비로소 계획을 세울 수도 있는 일이었지. 그러나 투명인간인 나 자신에 대해서 런던 시는 집집마다 물샐 틈 없이 문을 닫아걸었네.

　내 눈앞에 뚜렷이 와 있는 것은 춥고 갈 데 없는 비참한 저 눈보라와 밤뿐이었어.

　그러자 바로 그때 묘안이 떠올랐네. 나의 발길은 뭐든지 살 수 있는 거대한 물건, 백화점으로 향했어—그대도 그곳을 알겠지—고기, 채소, 포목, 가구, 옷, 화구(畵具)까지 들어 있는, 상점이라기보다는 크나큰 상점의 집합체를. 처음엔 입구가 열린 줄 알았는데 닫혀 있었지. 그래서 널찍한 출입구 앞에 서 있노라니까 마차

한 대가 정거하자 저 독특한 제복을 입은 이 집 종업원이 문을 열었네. 나는 다행히 안으로 끼여들어 백화점 안으로 들어갔지. 그곳 소풍용 쿼트와 등가구 등속이 비교적 널찍하게 진열되어 있었어.

사람들이 오고가고 하는 것이 나에게는 불안했네. 초조하게 오락가락하다가 드디어 나는 침대를 진열한 2층의 널찍한 한구석을 발견했네. 나는 침대에 기어올라가서 거추장스런 침구의 산더미 속으로 몸을 파묻었어. 문을 닫을 시간이 올 때까지 나는 점원의 눈을 경계하면서 기분좋게 훈훈한 이 장소를 지키기로 했지. 그 다음에 먹을 것과 입을 옷가지를 훔쳐낼 수 있다고 생각했어. 그 방법이 좋을 것 같았네. 몸을 싸매되 누구의 눈에도 통과될 수 있는 모양의 옷을 주워 입고 돈을 마련해서, 게다가 책과 짐을 찾아 가지고 나서 적당한 하숙을 구해서 나의 위력—보이지 않는다는—을 최대한 활용할 계책을 궁리하자는 생각이었네.

곧 폐관시간이 왔네. 요 속에 들어박혀 가지고 한 시간이 못 되어 창문에서 발이 내려지고 손님들도 아래층으로 물러갔지. 그러자 수많은 젊은이들이 흐트러진 상품을 굉장히 날랜 솜씨로 정리하기 시작했네. 그것이 끝나고 나서 청소가 시작되었지. 한 시간이 지났어. 문을 잠그는 소리가 여기저기서 들려왔지. 백화점 안이 고요해지자 나는 혼자 복잡한 여러 가게를 돌아다녔네.

맨 처음 찾아간 곳이 양말과 장갑 가게였네. 내일 아

침이면 옷을 걸치고 이미 손에 넣은 흰 스카프로 얼굴을 가린 다음 이곳을 빠져나와 훔친 돈으로 안경을 사 끼면 그로써 가장은 만점이지. 자면서 나는 여러 가지 무서운 악몽에 시달렸네. 미친 듯 몸부림치면서 잠이 깨었지.

희미한 런던의 새벽이 왔네. 발을 친 창문에서는 쌀쌀한 잿빛 광선이 안으로 스며들었네. 그러자 사람의 애깃소리가 들려왔고, 두 사나이가 이쪽으로 걸어왔네. 그때 나는 발이 미끄러져 넘어져 도망할 곳을 살폈네. 그쪽에서는 어렴풋이 나를 본 모양이었어. '누구야?' 그 중 하나가 소리쳤어. '가만 있어!' 또 하나가 고함쳤네. 나는 구석으로 달려가다가 열대여섯 살쯤 되어 보이는 후리후리한 소년과 정면으로 맞부딪혔지. 그는 비명을 올리면서 사내들에게로 달려갔네. 그러자 '모두들 문을 닫아라!' 하는 소리가 여기저기서 터져나왔네.

방바닥에 쓰러진 나는 완전히 손을 든 셈이었지. 이상한 것은, 이럴 때면 으레껏 옷을 벗어 버리는 법인데 그런 꾀가 떠오르지 않았다는 거야. 옷을 입은 채 빠져나갈 생각밖에 없었어. 그것이 그때의 작정이었네. 그러자 카운터 저쪽에서 황소 같은 소리가 터져나왔어.

'여기 있다!'

의자를 집어던지고 나는 계단을 뛰어올라갔어. 거기에는 여러 가지 항아리가 놓여 있었지. 그게 뭐더라?"

"공예품 항아리야?" 켐프가 말을 건넸다.

"바로 그거야. 공예품 항아리였어. 계단 맨 꼭대기에서 몸을 돌이켜 나는 따라오는 점원을 향해서 항아리를 집어던졌네. 항아리가 전부 날아갔지. 백화점 전체에서 고함과 발길 소리가 요란스럽게 일어났어.

'경찰관님 이리로.' 누가 소리치는 것이 들렸지. 다시 한 번 더 나는 침대 가게로 되돌아와 있었어. 잠옷이 즐비한 한 구석에서 나는 죽을 힘을 다해서 입었던 옷을 벗었네. 그래서 다시 자유로워졌지. 그때 경찰이 세 명의 점원과 함께 구석으로 돌아섰어. 그들은 조끼와 바지를 향해서 덤벼들었네. '놈이 훔친 물건을 떨어뜨렸군.' 젊은 사람이 말했지. '그렇다면 이 근처에 있겠지.' 그러나 그들은 결국 아무것도 발견하지 못했네.

잠시 나를 수색하는 인간들을 구경하면서 나는 옷을 잃게 된 것을 저주했네. 그리고 음료수 가게로 가서 우유 한 병을 들이키고 나서 불 옆에 앉아 어떻게 할까를 궁리해 보았네.

얼마 안 되어 두 명의 점원이 와서 흥분한 어조로 얘기를 끄집어 내는 것이었네. 약탈건에 대해서, 또 나의 향방에 관한 추측에 관해서 지껄이는 그들의 상상력에 나는 귀를 기울였지. 나는 다시 궁리해 보았네. 이와 같이 경계가 심한 가운데 물건을 훔쳐 낸다는 것은 지극히 어려운 일이었지. 창고로 내려가서 짐을 꾸려 발송할 것을 생각해 보았으나 검사제도가 어떻게 되어 있는지 알 수 없었네. 열한시경, 눈이 내리자마자 녹기 시작하고 어제보다 날씨가 풀리기에 드디어 이 백화점을 단념했네. 그리고 일을 망쳐 버린 데 대한 분함과, 그래도 막연하나마 어떻게 되리라는 기대를 안고서 밖으로 나왔네."

23 드루어리 소로(小路)에서

"이제야 그대도 알 수 있겠지." 투명인간이 말했다. "나의 입장이 얼마나 불리한가를, 나에겐 옷을 입을 만한,—아무런 잠자리—눈을 피할 수 있는 곳이 없다는, 바로 그것 때문에 나 자신 기묘하고 무서운 존재가 되고 말았네. 나는 단식을 하고 있었지. 왜냐하면 먹는다는 것은 미소화물(未消火物)을 뱃속에다 채우게 되는 것이고, 그것은 나로 하여금 그로테스크하게 눈에 띄게 만들고 마니까."

"난 그런 줄은 꿈에도 생각지 못했어." 켐프가 말했다.

"나도 처음에는 그랬어. 게다가 눈이 오는 바람에 다른 위험에 대비할 필요가 있었네. 눈 속에서는 나타날 수 없었지. 몸에 쌓이기도 할 것이요, 그래서 내 몸이 드러나게 된다네. 비도 또한 피부를 미끄러져 거품을 내면서 빗줄기 속에 나의 윤곽이 드러나지. 그리고 안개도 같은 원인에서 인체의 윤곽이 나타난다네. 게다가 외출하게 되면—런던의 공기 속에서는—발목에 먼지가 않고 피부에 껌정이 날아오고 때가 묻지. 그 때문에 어느 새 눈에 띄게 되는지를 알 수 없었지. 그렇게 되는 데 오랜 시간이 걸리지 않는 것을 알게 되었네."

"여하튼 런던에서는 그럴 거야."

"나는 빈민굴로 해서 그레이트 포트랜드로 쪽으로 들어갔네. 길이 다 되는 곳에 전에 하숙하던 집이 있었어. 나는 더 가지 않았네. 거기에는 내가 방화한 아파트에서 아직도 연기가 그치지 않는 잿더미 맞은편으로 사람들이 웅성대고 있었기 때문이야. 가장 급한 문제가 옷을 구하는 것이었네. 그때 내 눈에 띈 것은 신문, 장난감, 문방구, 철 늦은 크리스마스 광대탈 같은 만 가지 잡화상 중의 하나였어. 거기에는 마스크와 코가 주렁주렁 걸려 있어 마치 백화점 장난감 가게를 연상케 했네. 전연 목적 없는 것도 아니어서 나는 발길을 돌려 복잡한 길을 피하여 선창가 북쪽으로 트인 길을 잡아 걸어갔어. 어렴풋이 그때 나는 이 근처에 무대의상을 내놓은 가게가 있었다는 기억이 났네.

그날은 추운 날씨였네. 북쪽으로 트인 거리마다 살을 에는 듯한 찬바람이 불어왔지. 뒤에서 누가 부딪치지 않게 하려고 나는 걸음을 재촉했네. 길을 건널 때마다 위험을 각오했으며 지나가는 사람에게마다 신경을 써야 했네. 한번은 버드포드 로 입구에서 어떤 사나이 앞을 스쳐가려는데 갑자기 상대방이 나에게 부딪치는 바람에 길바닥에 쓰러지게 되었지. 그때 잘못했더라면 마차바

퀴 밑에 치고 말았을 거야. 이 봉변 끝에 나는 어찌나
혼이 빠졌던지 콘벤트 가아든 시장에 들어서서 어느 꽃
집 근처 조용한 구석에서 놀람과 추위에 떨면서 잠깐
동안 앉아 있기로 했네. 이미 나는 감기에 걸렸고, 기침
소리가 사람들의 이목을 끌까 봐서 곧 발길을 옮겼다
네.

드디어 나는 찾던 바로 그 목적지에 도착했지. 그것
은 드루어리 소로에서 멀지 않는 샛길에 있었네. 더럽
고 파리똥이 덕지덕지 붙은 작은 가게였어. 진열장에는
번쩍거리는 무대의상과 가짜 보석, 탈, 슬리퍼, 도미노
패, 기타 무대사진 들이 빈틈없이 늘어놓여 있었지. 가
게집은 구석진 데였고 위치가 낮고 어두웠으며 건물은
4층으로 어둡고 도깨비가 나올 것같이 솟아 올라 있었
네. 진열장 너머로 들여다보고 아무도 없어서 나는 안
으로 들어섰네. 문을 열자 자동적으로 초인종이 요란스
럽게 소리를 냈지. 문이 열린 채, 나는 의상용 스탠드가
있는 곳을 돌아서 거울 있는 구석으로 걸어갔어. 1,2분
이 지났으나 아무도 나오지 않았네. 그러자 무거운 발
걸음이 방 건너편으로부터 들려오더니 한 사나이가 가
게로 내려왔어.

이제 나의 계획은 의심할 여지없이 결정되었네. 집
안으로 들어가서 몰래, 위층으로 해서 기회를 노리다가
모든 것이 고요해지는 대로 탈과 마스크, 안경, 옷가지
같은 것을 주워입고 세상에 나타나자는 것이었네. 그것

이 다소 기묘하긴 하겠으나 그래도 믿음직한 차림일 거야. 동시에 물론 돈까지 훔칠 수 있게 되었지.

가게로 내려온 사나이는 키가 작고 약간 허리가 꾸부정해, 흡사 소똥벌레를 연상시키는 인상이었네. 보기에 그는 점심식사를 하다가 나온 것 같았어. 그는 무슨 신통한 일이나 있을까 하는 표정으로 방안을 살폈지. '그놈의 애들이로군!' 그가 말했어. 그는 잠시 후에 한 번 더 나타나더니 귀찮다는 듯이 발로 문을 차고 중얼거리면서 거처하는 쪽 문으로 돌아갔네.

나는 그 뒤를 따라서 걸어갔어. 그러자 내가 낸 소리에 그는 죽은 듯이 발을 멈추었다. 귀가 예민한 데 놀라면서 나도 그렇게 했지. 그는 내가 들어가기 전에 탕! 하고 문을 닫았어.

나는 주저하면서 서 있었네. 돌연 재빠른 걸음으로 되돌아오는 소리가 들리면서 문이 다시 열렸지. 아직도 안심이 안 된다는 눈초리로 그는 가게 안을 휘둘러 보았지. 그리고 혼자 중얼거리면서, 카운터 뒤를 조사하고 몇 가지 비치품을 살피는 것이었네. 그래도 수상하다는 듯이 그는 서 있었어. 나올 때 집 안으로 들어가는 문이 열려 있었기에 나는 내실(內室)로 미끄러져 들어갔어.

그것은 괴상한 작은 방이었네. 빈약한 가구에다 구석에 여러 가지 큼직한 마스크가 놓여 있었지. 테이블 위에는 때늦은 아침식사가 놓여 있었고, 주인이 돌아와서

식사를 계속할 때까지 거기에 서서 커피 냄새를 맡아가
며 구경하는 일이란 이 사람아, 정말 못할 노릇이었어.
게다가 식사하는 거동이 보기에 화가 날 정도였지. 문
이 세 군데 트여 있고, 둘은 아래위층으로 통하게 되어
있었으나 모두 닫혀 있었지. 그녀석이 있는 한 내가 나
갈 문은 없었네. 게다가 어찌나 신경을 쓰는지 나는 문
자 그대로 꼼짝을 할 수 없었다네. 그러자 등골이 오싹
해졌지. 두 번이나 나는 간신히 재채기를 막았네.

　나의 이렇듯 놀라운 참을성이야말로 진기한 것이었으
나, 그런데도 불구하고 녀석의 식사가 끝날 때까지에는
어지간히 피로했고 화가 치밀어 올랐네. 드디어 식사가
끝났지. 그러자 그 거지 같은 식기를, 차 주전자를 담았
던 검은 쇠쟁반에 담고, 남은 음식을 겨자 자국이 낭자
한 크로스에 싸서 한꺼번에 들고 일어섰네. 짐 때문에
그는 언제나 그렇겠지만 문 닫는 것을 잊었어. 이렇게
가난한 사람이 문을 닫아야 할 이유를 나는 알 수 없었
지. 나는 그 뒤를 따라 누추한 지하 주방 겸 식량창고
로 내려갔네. 나는 흥미롭게 접시 씻는 것을 구경했어.
그러다가 굴뚝 바닥이 발에 차갑기도 해서 나는 위로
올라가 난로 가까운 이 집 주인의 의자에 앉았네. 불길
이 좋지 못하기에 별다른 생각 없이 석탄을 약간 집어
넣었지. 그 소리에 사나이는 놀라서 눈을 크게 뜨고 몸
을 일으켰네. 방안을 노려보았을 때 그는 거의 내 몸에
닿을 뻔했지. 그러나 뒤에도 그는 안심이 안 되는 모양

이었네. 문턱 위에서 발을 멈추고서 그는 내려가기 전에 한 번 더 방안을 살폈어.

이 조그만 객실에서 나는 기다렸다네. 거의 1세기가 지나간 듯한, 그렇듯 오래도록 기다렸다는 느낌이 들 정도로 나는 몇십 분을 초조하게 기다렸네. 드디어 사나이가 나타나더니 위층으로 통하는 문을 열었네. 나는 그 뒤에 붙어서 빠져 나왔지.

계단 위에서 돌연 그가 발을 멈추었네. 잘못했더라면 두 사람이 한꺼번에 넘어질 뻔했지. 고개를 돌려 바로 내 얼굴을 들여다보면서 그는 귀를 기울였네. '이런 일이 세상에.' 그가 말했지. 그 긴 털복숭이 손이 아랫입술을 끌어당겼네. 두 눈은 계단의 아래위를 훑어보았어. 그러자 중얼거리면서 다시 위로 올라갔지.

손이 문 손잡이에 닿자 그는 다시 발을 멈추었네. 얼굴에는 여전히 당황한 노기를 띠고 있었네. 내가 움직이는 데서 일어나는 작은 소리를 듣고 있었지. 이 사나이는 아마 귀신같이 날카로운 귀를 가진 모양이었네. 돌연 그는 있는 대로 화를 터트렸지. '이 집에 누가 와 있다면…….' 그는 십자를 그으면서 소리쳤으나 말이 중간에서 끊어지고 말았지. 손을 포켓에 집어넣은 그는 찾는 것이 없었던지 내 옆을 쑥 지나서 미친 듯이 쾅쾅 소리를 내면서 누구든지 덤비라는 식으로 아래층으로 내려갔네. 그러나 나는 그대로 서 있었지. 나는 계단 손잡이에 걸터앉아 그가 돌아오기를 기다렸네.

중얼거리면서, 곧 그는 다시 위로 올라왔어. 그러자 문을 열더니 내가 들어가기도 전에 탕! 하고 닫아 버렸네.

나는 집 안을 조사할 작정으로 잠시 동안 될 수 있는 대로 소리없이 돌아다녔네. 그것은 퍽 오래된, 곧 내려 앉을 듯한 습기찬 집이었네. 지붕의 아랫방 벽지는 벗겨지고, 그곳의 주인은 누가 뭐라 해도 쥐들이었네. 문이란 문의 손잡이는 빡빡해서 마음놓고 돌릴 수도 없었지. 내가 구경한 몇 개의 방은 가구조차 없었고 나머지도 무대에서 쓰는 재목이 뒤숭숭하게 들어 있었지. 그것은 얼른 보아도 고목(古木)을 사들인 것이었네. 주인이 있는 객실 옆방에서는 헌옷이 여간 많지 않았지. 나는 그 중에서 골라내기 시작했네. 너무 열중하여 다시 한 번 귀신 같은 이 집 주인의 귀를 잊어버렸어. 그러자 조심조심 발자국 소리가 들려왔네. 마침 그때 머리를 든 나는 그녀석이 손에 구식 권총을 들고, 뒤적거려 놓은 옷더미를 겨누고 있는 것을 보았어. 입을 딱 벌리고 의심에 가득 찬 집주인 앞에서 나는 완전히 숨죽이며 서 있었네. '그 여자인지도 몰라.' 그는 천천히 말했네. '망할년 같으니!'

그는 조용히 문을 닫았어. 그러자 곧 자물쇠를 채우는 소리가 났지. 그리고 발자국 소리가 멀어졌어. 잠시 동안 나는 무엇을 해야 옳을지 어리둥절했네. 나는 문으로, 그리고 창이 있는 곳으로, 다시 원래 위치로 되돌아와서 당황해서 발을 멈추었네. 나는 노여움이 솟구쳐 오르는 것을 깨달았네. 그러나 먼저 옷을 뒤적거리기 전에는 아무 데도 관여해선 안 된다고 생각했지. 그래서 먼저 옷 선반에서 한 꾸러미를 끌어내리려는 작정이었네. 이 소리에 주인이 전에 없이 화를 내어 가지고 한 번 더 되돌아왔어. 이번에는 서로의 몸이 닿았네. 그는 뒤로 물러서면서 방 한복판에 깜짝 놀라 서 있었지.

곧 그는 약간 진정했네. '쥐로군!' 손가락을 입술에 갖다대면서 나지막한 소리로 그가 말했지. 누구의 눈에도 그는 겁을 집어먹은 것이 분명했네. 나는 조용히 비켜서 방을 나왔네. 그러나 나뭇바닥에서 소리가 났다. 그러자 화가 나서 어쩔 줄 모르는 이 사나이는 권총을 손에 들고 온 집 안을 다시 한 번 돌아다니면서 문마다 자물쇠로 잠그고 열쇠를 포켓에 틀어넣었네. 그녀석의 의도를 생각하니 나는 참을 수 없는 분함을 느꼈네. 적당한 기회가 오기를 기다리기에는 나의 분노가 너무나 거셌어. 그때 이미 나도 이 집에 아무도 없다는 것을 알았네. 그래서 별말 없이 나는 녀석의 머리를 내리쳤네.

"머리를 내리치다니?" 켐프가 소리쳤다.

"그렇지. 그 녀석은 기절하다시피 되었어. 아래층으로 내려가려다가 복도에 있던 의자를 가지고 뒤에서 쳤으니까. 낡은 장화처럼 녀석이 아래층으로 굴러내려갔네."

"하지만, 글쎄! 인간사회의 공통된 관습은……."

"보통의 인간 사회에서는 안 통하겠지, 그러나 나의 의도는 이 사람아, 그 녀석의 눈에 띄지 않게 이 집을 빠져나오는 데 있었네. 그 외에는 달리 어떻게 생각할 여유가 없었어. 그러고 나서 길게 만들어진 조끼로 녀석의 입을 틀어막고 끈으로 묶어 놓았지!"

"끈으로 묶다니!"

"보자기처럼 꾸려 놓았지, 이 바보가 겁을 집어먹고 떠들지 않도록 하기 위해서는 그게 제일 좋은 방법이었어. 게다가 빠져나오기란—끈을 풀고 머리를 빼내기란 죽어도 안 될 일이었어. 나의 친애하는 켐프 군, 내가 마치 살인이나 한 것처럼 그렇게 나를 노려본다는 건 자네한테 이롭지 못하네. 녀석은 권총을 가지고 있었어. 만약 내가 눈에 띄기만 했더라면 그때에는……."

"하지만 그래도……." 켐프가 말했다. "영국에서 오늘날! 게다가 사나이는 그 집 주인이고, 그대는…… 글쎄, 강도질을 하는 판이니."

"강도질이라니! 천만에! 다음에는 나를 도둑이라 하겠네. 정말 켐프 군, 자네는 여전히 옛가락에 맞추어 춤추는 바보는 아니겠지, 나의 입장을 이해할 수는 없는가?"

"동시에 그 사람 입장도!" 켐프가 말했다.

투명인간은 벌떡 일어섰다. "무엇이 어째?"

켐프의 얼굴이 약간 심각해졌다. 그는 무엇을 말하려

다가 참았다. "내 생각으론, 결국." 그는 갑자기 태도를
고쳐서 말했다. "그렇게 할 수 밖엔 없었겠지……. 그대
는 어쩔 수 없는 입장이었으니까, 하지만 그래도……."

"물론 난 어쩔 수 없는 입장이었지. 영원히 그렇다!
게다가 녀석이 나로 하여금 화를 내게 만들었어. 나를
잡는다고 집을 수색하고, 권총을 들고 난리를 치고, 문
을 잠갔다 열었다. 그건 정말 참기 어려운 거야. 그래도
나를 나무랄 생각인가? 나를 나무라진 않겠지?"

"나는 아무도 원망하지 않네." 켐프가 말했다. "그건
정상적인 게 아니니까. 그래, 어떻게 했어?"

"나는 시장했어, 아래층에서 나는 빵 한 조각에다 악
취 나는 치즈를 약간 발견했지. 그것은 나의 배를 채우
고도 남음이 있었네. 그리고 브랜디에다 물을 타서 약
간 들이키고 그 인간 보자기를 지나—그는 정말 조용히
누워 있었네—헌옷이 든 방으로 들어갔네. 거기서 나는
거리를 내다보았네. 먼지가 앉아 밤색이 된 레이스 커
튼이 두 개의 창문을 가리고 있었네. 나는 창가로 가서
그 틈으로 바깥을 내다보았네. 창밖은 햇빛이 한창이었
다. 내가 있는 귀신 같은 집 안의 밤색 그림자와 대조
해서 너무나 눈부시게 환했지. 인마(人馬)가 재빠르게
오고가고 했어. 사과를 실은 화차, 대절용(貸切用) 마
차, 상자를 잔뜩 실은 네 바퀴 차, 생선장수가 끄는 화
차 등등……. 여러 가지 색깔이 눈앞에서 춤을 추는 위
치에서 나는 배후의 움직이지 않는 어두운 그림자를 향

하여 몸을 돌이켰네. 이때까지의 흥분은 간 곳 없고 나 자신의 불안한 신세로 되돌아왔네. 실내에는 의상의 때를 지우기 위해서 사용한 것으로 믿어지는 벤졸 냄새가 은근히 코를 찔렀네.

나는 이곳을 계획적으로 뒤지기 시작했네. 저 꼽추녀석은 얼마 동안 이 집에서 혼자 살고 있다고 나는 판단했지. 그는 호기심 많은 사나이였네. 나에게 필요한 것들을 의상실에 모아 놓았기에 그것을 가지고 신중한 선택을 했네. 핸드백을 발견하자 나는 분, 루즈, 풀종이 등이 아쉬운 물건이라고 생각했지.

나는 얼굴에 페인트칠을 하고 분칠을 하고 거기에 있는 모든 것을 이용해서 눈에 보이도록 모양을 만들어내려 했네. 그러나 그렇게 하기가 더 어려운 이유가 송지유(松脂油)라든가 기타 여러 가지 기구가 필요했고, 게다가 상당한 시간을 요할 것 같았어. 끝으로 나는 그 중 제일 모양이 근사한 코를 한 개 골라냈네. 약간 그로테스크하긴 했으나 여러 사람 가운데에는 나보다 흉하게 생긴 것도 있을 성싶었지. 그리고 검은 색안경과 흰 턱수염에다 탈을 한 개 골랐지. 속옷을 찾아낼 수는 없었으나 그것은 뒤에 살 수도 있는 일이었어. 그러는 사이에 나는 흰 사라사로 만든 도미노와 약간의 흰색 캐시미어 머릿수건으로 몸을 싸매기로 했네. 양말이 보이지 않았으나 이 집 꼽추 친구의 장화가 제법 헐렁하기에 그것으로 족했다네. 가게 책상에는 돈 3소린과

30실링에 상당하는 은화가 들어 있었고, 내실에 있던 찬장을 부수고 8파운드의 금화를 발견했지. 이만한 무장을 하고서 다시 나는 세상으로 나갈 수 있었네.

그러자 이상하게도 주저하게 되었네. 나의 외모가 정말 통할 수 있는 것일까? 이것을 나는 침실에 있었던 거울 앞에서 실험해 보았지. 각도를 바꿔 가며 이리 보고 저리 보고 해서 미처 깨닫지 못했던 틈이나 생기지 않을까 들여다보았으나 모든 것이 구애 없는 것 같았네. 다소 연극 의상의 인상을 주긴 했으나―가령, 무대 위의 거지 같은―도무지 있을 수 없다는 편은 아니었네. 용기를 내어 나는 거울을 가게로 운반하고 발〔簾〕을 올리고 구석에 붙은 또 하나의 거울을 이용하여 여러 모로 검토해 보았네.

용기를 자아내느라고 약간의 시간이 필요했네. 그리고 언제든지 빠져나올 수 있게끔 이 집 주인의 묶음을 풀어 놓고서 가게 문을 열고 거리로 뛰어나왔지. 5분이 못 되었는데 그 의상가게를 나와 나는 이미 대여섯 번 코너를 돌았네. 아무도 유별나게 나에게 주의하는 사람이 없었지. 나의 최후의 기우가 단순한 기우로 그쳤던 거지."

그는 다시 입을 다물었다.

"그래, 그대는 그 꼽추에 관해서는 아무 걱정도 되지 않던가?" 켐프가 말했다.

"응." 투명인간이 대답했다. "뿐만 아니라 그 뒤에도 아무런 얘기도 듣지 못했어. 내 생각으로는 끈을 끊고서 풀려났을 거야. 끈을 제법 단단히 묶긴 했지만."

그는 아무 말이 없었다. 그리고 창가로 가서 밖을 내다보았다.

"선창가로 나갔을 때는 아무 일도 없었던가?"

"오! 다시 환멸의 비애가 왔지. 처음 나는 이만 하면 걱정이 없으리라 생각했었지, 실지로 원하는 것이면 뭐든지—나 자신의 비밀에 관한 일 이외에는, 탄로나지 않고 할 수 있으리라 생각했네. 그것이 사실이었지. 무엇을 하든, 무슨 결과가 오든 나와는 아무 관계가 없었네. 필요하면 옷을 벗어 던지고 사라지면 그만이었지. 아무도 나를 잡을 수 없었네. 내가 발견한 돈도 가져갈 수 있었네. 훌륭한 식사를 하고 나서는 고급 호텔에 들어 외모를 감출 작정이었지. 나는 다시없이 자신만만했네. 내가 이때까지 바보였구나 생각되었지만 그것이 그다지 불쾌하진 않았네. 어느 장소를 찾아들자 벌써 나는 식사를 주문한 뒤였네. 그때 나의 보이지 않는 얼굴을 내놓지 않고는 식사를 할 수 없다는 것을 깨달았네. 나는 식사 주문을 취소하고 10분 후에 돌아오겠다는 말을 남긴 채 허둥지둥 밖으로 나왔네. 그대는 자기의 식욕에 대해서 실망한 일은 없었겠지?"

"그다지 심각하게 당해 본 일은 없지." 켐프가 말했다. "그러나 나도 상상은 할 수 있네."

"그 바보 같은 놈을 때려 줄 때 나는 맛있는 음식이

먹고 싶어 까무러칠 지경이었어. 그래, 또 한 장소를 찾아들어 독방을 요구했네. '나는 얼굴을 몹시 다친 사람이오.'라고 말했네. 그들이 내 얼굴을 이상한 눈초리로 들여다본 것은 물론이었으나 그것은 그들이 관여할 바가 아니었네. 그래서 결국 식사를 얻어먹었지. 특별히 맛있는 편은 아니었으나 그래도 나로서는 충분했어. 식사를 마치고 나서 시거를 물고 이제부터 취해야 할 계획을 세워 보았네. 밖에서는 눈보라가 치기 시작했지.

생각하면 할수록 이 사람아, 더 한층 투명인간이라는 것이 얼마나 무력하고도 우스꽝스러운 존재인가를 뼈저리게 느끼게 되었지. 날씨는 춥고 공기가 탁한, 군중이 와글거리는 문명된 도시에서 이 미치광이 같은 실험을 해보기 전까지만 해도 온갖 그럴싸한 점만 꿈꾸어 보았어. 그날 오후의 나는 모든 것이 실망스러웠네. 나는 사람들이 하고 싶어 하는 모든 것의 앞장을 서 보았네. 보이지 않는다는 것이 능히 그런 것을 가능하게 해줄 것 같았으나 한번 내 손아귀에 들어온 이후부터는 그것을 가질 수 없는 환멸에 부딪혔어. 커다란 희망—눈에 띌 수 없는 이상, 자랑이고 뭐고 무슨 의미가 있나? 아무리 여자를 사랑해도 그의 이름이 댈리라야만 할 때 무엇이 좋겠는가? 나는 정치에도, 구차스러운 명성도, 자선사업도, 스포츠도 흥미가 없어. 내가 해야 할 일이 뭐란 말인가? 그래, 바로 이 때문에 나는 신비로운 세계로 자태를 감추어 싸매고 돌아다니는 기묘한 인간이 되고 말았네."

그는 입을 다물었다. 그리고 창밖으로 시선을 돌리려 하였다.

"그런데 아이핑에는 어떻게 갔지?" 쉬지 않고 얘기를 계속하게끔 켐프가 말을 재촉했다.

"실험하기 위해서 갔었지. 그때 나에겐 하나의 희망이 남아 있었네. 확실한 것은 아니었으나! 그래도 여전히 나는 희망을 간직하고 있었네. 지금은 완전히 그것이 달아나고 말았지만, 뒤로 돌아가 보자는 것이었지! 이때까지 저지른 것을 원상복귀해야겠다는 생각이었지. 한번 이렇게 결정한 이상, 그렇게 결정한 이상 누구의 눈에도 띄지 않게 해보려는 것이네. 지금부터 그대와 의논하려는 것이 바로 이것이네."

"아이핑으로 직행했던가?"

"그렇지, 세 권의 수기(手記)와 수표장과 짐과 내의를 입수하고 계획에 필요한 약품을 주문하는 정도로— 책이 손에 들어오는 대로 그대에게 수식(數式)을 보여주지. 간단한 것이었어, 제기랄! 지금도 저 눈보라 생각이 나는군. 눈이 칠을 한 내 코를 지워 버리지 못하게 하려고 얼마나 고생했는지……."

"마지막으로," 켐프가 말했다. "그저께 그대가 발각되었을 때 자넨 어느 편인가 하면, 신문기사를 볼 것 같으면……."

"그대로지, 저 치안관 녀석을 내가 죽였단 말인가?"

"아니야." 켐프가 말했다. "곧 회복될 거야."

"녀석의 운이 좋은 거겠지, 정말 나는 화가 치밀어올랐어. 바보 같은 자식들! 어째서 나를 내버려 두지 못한담? 그리고 저 채소가게 소동은 또 뭐야?"

"죽을 것 같지는 않아." 켐프가 말했다.

"저 부랑자 녀석은 내가 알 바가 아니지." 기분 나쁜 홍조를 띠면서 투명인간이 말했다.

"세상에도, 이 사람아, 자네 같은 위인으로선 사람이 화를 낸다는 것이 무엇인지 모를 거야. 여러 해를 죽도록 일한 결과가, 계획하고 또 머리를 쓴 끝에 바보 같은 놈들이 그대를 방해하려고 맹목적으로 덤벼들 때란 ……. 세상에도 가장 어리석은 작자들이 내 앞을 가로막기 위해서 생겨났다면, 그 이상 훼방을 놓았더라면 정말 나는 발광하고 말았을 거야. 녀석들을 하나 남기지 않고 때려잡고 말았을 거야. 그 결과가, 보는 바와 같이 내 일을 천 배나 까다롭게 만들고 말았어."

24 무너진 계획

"그러면 이제부터," 옆눈으로 창밖을 내다보면서 켐프가 말했다. "우리는 무엇을 해야 한담?"

그는 이 진객(珍客)에게 좀더 다가앉고서 산마루 길을—켐프에게는 견딜 수 없을 만큼 느린 걸음으로 가까워 오는 세 사람의 난데없는 그림자가 보이지 않게 할 작정이었다.

"버독 항구로 떠났을 때 그대는 무엇을 계획하고 있었지?"

"영국을 뜰 작정이었네. 그러나 자네를 만나고 나서부터는 그 계획을 변경했다고나 할까. 날씨는 무더운 편이고 보이지 않게 다닐 수도 있고 하니 남부 지방으로 가보는 것이 현명할 것 같기도 해. 특히 모든 사람들이 나의 비밀을 알게 되었고 사람들의 눈이 얼굴을 싸맨 것에 대해서 주목하고 있으니까 말이야. 여기서 프랑스로 가는 증기선(蒸氣船) 편이 있지, 내 생각은 그 배를 타고서 빠져나갈 모험을 한번 해보자는 거지. 그 다음에는 기차로 스페인이나 아니면 알제리도 좋지. 그건 어려운 일이 아니야. 거기라면 언제나 보이지 않는 채 그냥 살 수 있어. 게다가 일도 할 수 있지. 내 책과 소지품을 가져오게 하기로 작정했을 때까지 나는 저 부랑자 녀석을 돈주머니나 짐꾼으로 이용하려고 했지."

"알 수 있어."

"그런데 저 망할 놈의 자식이 내 물건을 빼앗을 생각을 하다니. 그녀석이 내 책을 이미 숨겨 버리고 말았어!"

"그놈을 잡을 수만 있다면!……."

"제일 좋은 계획은 먼저 그자로부터 책을 회수하는 데 있네."

"그런데 그놈이 어디 있는지 아는가?"

"본인의 요청에 의하여 가장 견고한 시경(市警) 감방에 있다네."

"어쨌든 그자 때문에 다소 자네 계획이 보류 상태에 놓여 있다고 보는데."

"우리는 그 책을 찾아야 해. 그 책은 불가결한 것이네."

"그렇고말고." 약간 불안스럽게 켐프가 말했다. 그 때 밖에서 발자국 소리가 들려오는 것 같았다. "물론 우리는 그 책을 찾아야지, 그러나 그것은 어려운 일이 아니야. 그 책이 자네에게 그렇게 필요한 줄 모른다면."

"응." 투명인간은 말하고 나서 생각하는 듯했다.

켐프는 얘기를 계속하도록 말머리를 잡으려고 했다. 그러나 투명인간은 자기대로의 얘기를 계속했다.

"그대의 집인 줄 모르고 뛰어들어 온 바람에 켐프, 나의 모든 계획이 변경되었어. 게다가 자넨 그만한 얘기쯤 알아들을 수 있는 사람이야. 과거지사는 물론, 세상이 다 알게 되었고, 책이 없어지고, 게다가 내가 어떤 고초를 당했다손 치더라도 나에게는 아직도 원대한 앞날이, 굉장한 희망이 있다네…… 자넨 아직 내가 여기에 있다는 걸 아무에게도 말하지 않았겠지?" 그가 난데없이 물었다.

켐프는 주춤하며 말했다. "그건 이미, 약속한 바네."

“아무에게도?” 그리핀이 파고들었다.

“아무에게도.”

“아! 그러면⋯⋯.” 투명인간은 일어서더니 팔짱을 낀 채 서재를 거닐기 시작했다.

“나는 오산을 했어. 이 일을 혼자 힘으로 해내려는 데 있어 굉장한 오산을 했어. 나는 정력과 시간과 기회를 놓치고 말았네. 나 혼자 힘으로! 한 작은 인간이 혼자 힘으로 할 수 있다면야 얼마나 좋을까! 좀도둑질을 약간, 사람에게 약간 상처를 입혔다는 것, 그것으로서 마지막이라니. 나에게 필요한 것은, 일종의 골 키퍼, 원조자, 아니면 숨을 장소일세. 안심하고 아무에게도 의심을 사지 않는 장소에서 자고, 먹고, 휴식을 취할 수 있는 그러한 걱정이지. 나는 동맹자가 있어야 해. 동맹자만 있다면 먹을 것과 휴식과 그 외에 천만 가지가 가능하단 말이야.

이때까지 나는 막연한 계획에서만 움직였어. 우리는 이제부터 보이지 않는다는 것에 대해서 철저히 검토해야겠어. 엿듣는다든가 하는 점에 있어서는 무력하지. 수리를 내니까, 남의 집을 침입하는 데에도 마찬가지야. 그러나 반면에 나는 잡히기가 여간 어렵지 않네. 사실 이 투명성은 적어도 두 가지 유리한 점이 있다네. 도망치는 데 힘이 되고, 접근하는 데 유리하다는 것이지. 상대방의 손에 어떤 무기가 들렸든 위치를 잡아 가지고 마음대로 칠 수 있고 마음대로 비킬 수 있고 임의로 도망칠 수 있지."

켐프의 손이 수염을 만지작거렸다. 들려오는 것이 아래층에서 움직이는 소릴까.

"그리고 우리는 사람을 죽여야겠어."

"우리가 사람을 죽인다구?" 켐프가 되풀이했다. "그대의 계획을 듣긴 했으나 그리핀, 나로서는 찬성할 수 없네. 알겠지, 어째서 살인이야?"

"덮어놓고 죽이자는 건 아니야. 내 말은 합법적인 살인이지. 요점을 말하면 우리는 온 세상이, 투명인간이 엄연히 존재하고 있다는 사실을 알고 있음을 깨닫고 있단 말이야. 그래서 이 사람아, 이제부터 이 투명인간이 공포정치를 펴겠다는 말이야. 그렇지, 물론 이건 무서운 일이야. 그러나 나는 해야겠어. 공포의 정치, 그대가 사는 버독에서처럼 도시를 점령하고 공포를 주어 지배한단 말이야. 투명인간은 명령을 내려야 하네. 그는 이것을 수천만 가지 방법으로 수행할 수 있어— 문간에 한 장의 종이조각을 집어넣어도 그것으로써 족하네. 명령에 복종하지 않는 자는 죽여야 해. 그런 자를 돕는 놈들도 죽여 버려야 해."

"흥!" 듣지도 않고 켐프가 말했다. 현관문이 열렸다가 닫히는 소리가 났다.

"내 생각으로는," 그리핀이 자기의 주의를 눈치채지 못하게 할 양으로 그가 말했다. "자네의 동맹자가 곤란한 처지에 놓이게 될 것 같지 않은가?"

"아무도 누가 동맹자인지 알 수 없네." 투명인간이 열심히 말했다. 그러자 돌연, "쉿! 아래층에서 무슨 소리가 나는데?"

"아무것도 아냐." 켐프는 갑자기 큰소리로 재빠르게 말했다. "나는 찬성할 수 없네, 그리핀." 그가 말했다. "생각해 보게. 나로서는 찬성할 수 없어. 어째서 동족을 못 살게 하는 장난을 해야 하나? 그래 가지고 어떻게 행복을 느낄 수 있겠나? 외로운 이리〔狼〕가 되지 말게. 그대의 연구를 발표하게— 세계와—일국(一國)으로 하여금 그대를 믿게 하게. 수천 만의 협력자를 얻어서 그대가 할 수 있는 일을 구상해 보게……."

투명인간은 말을 막았다. 팔을 내밀면서 "아래층에서 발자국 소리가 나는데."

"우스꽝스러운 얘기!" 켐프가 말했다.

"가봐야겠어." 투명인간은 말하고 나서 팔을 내민 채 문 앞으로 다가갔다.

그러자 모든 일이 퍽이나 신속하게 벌어졌다. 켐프는 잠시 머뭇거리다가 뒤따라 서서 그를 가로막았다. 투명인간은 갑자기 놀라서 멍하니 서 있었다.

"배신자!" 소리가 말했다. 그리고 실내복이 활활 벗어지더니 보이지 않는 사나이는 옷을 벗기 시작했다. 켐프는 재빠르게 세 발자국 문을 향해서 걸어갔다. 그 뒤를 쫓아 투명인간의 두 다리가 사라졌다. 고함치면서 껑충 뛰었다. 켐프가 문을 활짝 열어젖혔다.

문이 열리자 아래층에서부터 달려오는 발자국과 사람소리가 났다.

날랜 동작으로 켐프가 투명인간을 뒤로 밀어젖히고 가까스로 뛰어나와 문을 닫았다. 열쇠는 밖에 미리 준비되어 있었다. 다음 순간이면 전망실 겸 서재에서 포로가 되어야 할 신세였다. 열쇠는 그날 아침부터 문에 꽂혀 있었던 것이다. 그러나 켐프가 문을 모질게 닫는 순간 열쇠가 소리를 내면서 양탄자 위로 떨어졌다.

켐프의 얼굴이 창백해졌다. 두 손으로 문손잡이를 잡으려고 했다. 한참 동안 그는 싸웠다. 그러나 문이 5,6인치 열렸다. 그것을 다시 닫았다. 다음 순간에는 한 자쯤 밀려 나오면서 실내복이 그 사이로 쐐기처럼 끼어들었다. 보이지 않는 손가락이 그의 목을 졸라맸다. 손잡이를 잡은 손이 그것을 막기 위하여 올라갔다. 그러나 켐프는 뒤로 밀려나가 옥신각신한 끝에 복도 위에 보기 좋게 나자빠졌다. 텅빈 실내복이 날아가더니 켐프의 머리를 뒤덮었다. 켐프의 편지를 받은, 버독 서장(署長) 아이다이 총경(總警)은 그때 계단을 중간쯤 올라오고 있는 중이었다. 그는 난데없이 뛰어나온 켐프와 허공을 나는 옷을 목격하고 멍하니 쳐다보고 있었다. 켐프가 쓰러지면서 두 발이 와당탕거리는 것도 보았다. 황소처럼 나자빠지는 켐프를 목격했다.

그는 모질게 얻어맞았다. 아무것도 아닌 것으로부터! 상당한 중량이 머리 위를 뛰어넘는 것 같으면서 그는 거꾸로 계단에서 아래로 떨어지려는 판이었다. 보이지 않는 발이 등을 밟고 도깨비 같은 발자국이 아래층으로 와당탕거리며 뛰어내려가는 것이었다. 홀에 대기중이던 두 경찰이 소리치며 달아나고, 현관문이 맹렬한 소리와 함께 닫혔다.

총경은 굴러내려가서 일어나 앉아 두 눈이 둥그레졌다. 계단 위로 쓰러져 내려가던 그의 눈에 켐프가 들어왔다―먼지투성이가 되고 옷이 구겨지고 얼굴 한쪽에 얻어맞은 자국이 불어터지고 입술에는 피가 흐르고 분홍색 실내복을 팔에 끼고 있었다.

"이럴 수가 있나!" 켐프가 외쳤다. "볼일 다 봤군! 녀석은 가버렸어!"

25 투명인간의 수색

켐프의 말은 방금 일어난 이 잠깐 동안의 전말을 아이다이에게 납득시키기에 너무나 두서가 없었다. 두 사람은 복도에 서 있었다. 그리핀이 벗어던지고 간 옷을 여전히 팔에 걸치고 켐프는 종잡을 수 없는 빠른 말로 애기했다. 그러나 곧 아이다이도 어느 정도 그 경위를 알게 되었다.

"그는 미쳤어!" 켐프가 말했다. "인간이 아닙니다! 철저한 개인주의자입니다. 자기 자신의 이익과 자기의 안전을 생각할 뿐입니다. 오늘 아침에 이와 같은 무서운

자기 추구에 관한 얘기를 들었어요. 그는 이미 사람을
해쳤어요. 이쪽에서 그를 막지 못하면 그자는 살인을
할 겁니다. 그는 공포의 절망 상태를 꾀하고 있습니다.
아무것도 그를 제지할 수 없어요. 그자는 이제 자유의
몸이 되었습니다—분노에 찬 그대로!"
  "그녀석을 잡아야겠소." 아이다이가 말했다. "그것만
은 틀림없소."
  "하지만 어떻게?" 켐프가 물었다. 순간 여러 가지 방
법이 떠올랐다. "곧 일을 서둘러야 해요. 모든 인원을
가능한 한 동원해야 합니다. 그자가 이 지방을 탈출하
지 못하게 해야 합니다. 한번 빠져나가기만 하면 그녀
석은 마음대로 사람을 죽이고 해치면서 이곳 저곳을 돌
아다닐 거요. 이 괴물은 공포정치를 꿈꾸고 있습니다!
공포의 정치 말이오. 당신은 열차와 길가와 부두에 감
시원을 세워야 합니다. 군대도 협력해야 합니다. 전보
로 협력을 구하시요. 그자가 이곳을 서성이는 것은 보
물같이 생각하는 책을 도로 찾을 수 있으리라는 희망에
서입니다. 상세한 것은 나중에 얘기하겠소. 당신 서내
(署內)에 구속중의 사나이가 있을 겁니다. 마벨이라는."
  "알지." 아이다이가 말했다. "알고 있어요. 그 책 말이
오. 알 수 있지요. 그런데 그 부랑자는……."
  "책을 가지지 않았다는 거죠. 그러나 투명인간은 여
전히 그 부랑자가 가지고 있는 것으로 알고 있소. 또,
당신은 그녀석이 먹지도 자지도 못하게 해야 하오. 밤

이고 낮이고 온 이웃이 눈에 불을 켜고 있어야 합니다. 식량에 손을 못 대게 잠가 두어야 합니다. 모든 식량을. 그래서 그자가 참지 못해서 부수고 들어가게 만들어야 합니다. 제발 밤에 춥고 비가 와주면! 온 관내(管內)가 아무것도 몰라야 합니다. 내 말과 같이 투명인간은 위험하고 불상사를 초래할 것이오. 그녀석을 포착해서 붙잡아 두지 못하는 경우에 일어날 결과란 생각만 해도 끔찍합니다."

"그 외에 무슨 조치가 있겠소?" 아이다이가 말했다. "난 이길로 곧 나가서 경계망을 조직해야겠어요. 그런데 당신은 왜, 안 가시겠소? 그렇지. 당신도 오셔야지! 갑시다. 그리고 일종의 전시회의(戰時會議)를 엽시다. 홉스도 거들게 해야지. 그리고 철도 간부들도, 제기랄! 일이 시급하군, 같이 나갑시다. 가면서 얘기해 주시오. 또 무슨 할일이 남았소? 팔에 끼고 있는 물건을 내리시오."

다음 순간 아이다이는 아래층으로 내려가고 있었다. 현관문이 열려 있고 경찰들이 바깥에 서서 허공을 들여다보고 있는 것이 눈에 띄었다. "놈이 빠져나갔습니다." 그 중 한 사람이 말했다.

"모두들 중앙 정거장으로 직행해야 해." 아이다이가 말했다. "자네들 중 누가 나가서 마차를 불러오게나. 빨리. 그러면, 자, 켐프, 또 무엇이오?"

"개를," 켐프가 말했다. "개를 모아야 하오. 개는 볼 수는 없으되 냄새를 맡을 수 있거든, 개를 구하시오."

"좋아." 아이다이가 말했다. "널리 알려 있지는 않으나 홀스테드 저편에 있는 간수들이면 사냥개를 기르는 사람을 알 거야. 개는 그렇고, 다음엔 또 뭐죠?"

"이 점을 명심하시오." 켐프가 말했다. "투명인간이라도 음식은 그대로 보입니다. 식사 후 소화가 될 때까지는 음식이 보인다는 것을, 그러기 때문에 녀석은 먹은 다음에는 숨어 버리는 거요. 항상 가만히 못 있게 하시요. 모든 덤불, 일체의 구석진 장소에서 몰아내어야 하오. 그리고 모든 무기—무기가 될 수 있는 모든 연장을 치워 놓으시오. 무기를 쥔 이상 그대로 있을 이유가 없을 테니까 말이오. 게다가 사람을 잡아 가지고 상처를 줄 만한 물건이면 모조리 감춰 버리시오."

"그것도 좋아," 아이다이가 말했다. "그만하면 녀석을 잡을 수 있겠지!"

"그리고 길바닥에……." 켐프는 말하고 나서, 주저했다.

"그래서요?" 아이다이가 물었다.

"유리조각을," 켐프가 말했다. "이건 잔인한 일입니다. 나도 알지만 그녀석이 무슨 짓을 할는지 알 수 없으니!"

아이다이는 새차게 숨을 들이켰다. "그건 비신사적이오. 나도 모르겠소. 그러나 유리조각을 준비하도록 하죠. 그놈이 지나친 행동으로 나올 때에는……."

"그자는 인간성을 잊어버렸어요, 분명해요." 켐프가

말했다. "그녀석이 공포정치 시대를 노리고 있는 것은 의심할 여지가 없어요. 차제에 도피하려는 불안이 가셔지기만 하면, 이건 내가 지금 당신에게 얘기하고 있는 것과 마찬가지로 역력한 사실이라오. 우리가 이길 수 있는 길은 그놈보다 선수를 치는 것이오. 녀석은 자기 동족으로로부터 절연된 상태에 놓였소. 복수에 굶주리고 있소."

26 윅스티드의 살인

투명인간은 억제할 수 없는 분노를 느낀 채 켐프의 저택을 뛰쳐나왔다. 현관 입구에서 놀던 어린이 하나를 미친 듯 끌어 잡아 내동이쳐서 발목을 부러뜨렸다. 그리고 그 뒤 몇 시간 동안 그는 일체 사람의 눈에 띄지 않았다. 어디로 갔으며, 무슨 짓을 했는지 아무도 모른다. 그러나 우리가 추측할 수 있는 것은 자기의 견딜 수 없는 운명을 저주하고 절망하면서, 뜨거운 6월의 늦은 햇빛 아래 언덕을 넘고 넘어 버독 항구 뒤로 늘어진 널따란 들판을 빠른 걸음으로 가다가 무덥고 피로한 나머지, 드디어는 힌톤딘 숲속에 휴식처를 정하고서 인류에 대한 자기의 깨진 계획을 다시 되살려 보려는 계획이 아니었을까 한다. 그곳이 그에게 가장 적당한 피난처였다는 것은 그날 오후 두시경까지 그렇게 비극적인, 우울한 시간을 보낼 수 있었다는 것을 가지고 증명할 수 있다.

그 동안에 어떠한 심경에서, 어떠한 계획을 꿈꾸고 있었는가가 우리의 관심사이다. 십중팔구 그는 켐프의 배신에 대해서 일종 격심한 분노를 느꼈을 것이다. 그리고 그렇게 배신해야 할 동기를 십분 이해할 수 있으면서도 우리는 이 계획적인 불의의 습격이 빚어낸 그의 노여움을 상상할 수 있고, 다소 동정도 갈 수 있는 일이다. 옥스포드 로에서 당한 저 아기자기한 봉변의 기억이 되살아 왔는지도 모른다. 왜냐하면 그는 공포에 싸인 세계를 실현해 보겠다는 잔인한 꿈을 위해서 켐프가 협력하리라는 것을 제대로 계산해 넣고 있었던 것이 틀림없다. 여하튼 오정 때 전후로, 그가 인간의 세계로부터 사라진 것만은 확실하다. 그래서 두시 반까지 무엇을 했는지 아는 사람이 아무도 없었다는 것만은 틀림없다. 인류를 위해서 그것은 복된 일인지도 모른다. 어쨋든 투명인간에게는 그 동안 가만히 있었다는 그 자체가 치명적인 실수였다.

그 동안, 수많은 사람들이 관내(管內)에서 들고 일어나 야단이었다. 아침까지만 해도 그의 존재는 한갓 신화요 공포에 지나지 않았다. 오후가 되면서부터 간결한 문구의 포고문 덕택에 때려잡아 없애 버려야 하고, 뚜렷한 원수로도 등장했고, 이에 따라서 모든 주민들이 놀랄 만큼 신속하게 대책을 세우게끔 되었다. 두시까지만 해도 기차를 이용하여 이 지방을 빠져나갈 수 있었을는지 모른다. 그러나 두시 이후부터는 그것이 불가능해졌다. 이 지방을 평행선상으로 연결하는 모든 열차의 문이란 문은 모조리 잠가지고 화물 수송이 전적으로 중지되었다. 게다가 버독을 중심으로 하는 20마일의 대원형(大圓型) 안에는 삼삼오오로 짝을 지어 총과 곤봉으로 무장한 주민들이 개를 데리고서 거리와 들판을 탐색하기 시작했다.

기마경찰이 시골길을 돌아다니며 부락마다 무장하지 않은 이상, 집을 단속하라느니 외출을 중지하라느니 등 주의를 시켰고, 세시까지에는 모든 초등학교에서 수업을 중단하고 학생들은 한데 뭉쳐 빨리 집으로 돌아가도록 했다. 켐프의 포고문─형식상 아이다이가 서명한 것이지만─ 이날 오후 다섯시까지 이 지방의 구석구석에 게시되었다. 그것은 투명인간이 절대 빠져나갈 수 없는 모든 방법─식사를 못 먹게, 잠을 못 자게 하며 24시간 감시의 눈을 게을리해서는 안 된다는 것, 그리고 거동이 확인되는 대로 즉시 통지하는 방법을 간단하나마 명료하게 지시한 것이었다. 당국의 조치가 어떻게나 신속히 결정되었던지, 이 기묘한 인간에 대한 틀림없는 인식이 어떻게나 재빠르게 골고루 전파되었던지 어둠이 오기 전에 수백 평방마일의 일대가 삼엄한 포위 상태로 들어갔다. 그러던 중 바로 밤의 장막이 내리기 전, 윅스티드 씨가 피살되었다는 소문이 경계가 삼엄한 이 지방을 공포의 도가니 속으로 집어넣었고, 오고가는 말이 모두 이 얘기뿐이었다.

투명인간의 도피처가 힌톤딘 숲이라는 우리의 추측이 정확하다면, 그날 오후 일찍 그는 이곳을 빠져나와 흉기를 사용할 수 있는 기회를 노리고 있었을 것이다. 그것이 무슨 계획인지는 알 길이 없으나, 윅스티드를 만나기 전에 이미 쇠막대기를 쥐고 있었다는 것만은 틀림없을 성싶다.

물론, 어떻게 해서 맞부딪쳤는지는 상세한 경위를 알 수 없다. 현장은 버독 경(卿)의 별장 문에서 2백 야드도 채 못 되는 자갈밭 기슭이었다. 모든 흔적이 필사적 저항을 말하여 주었다—짓밟힌 땅바닥, 윅스티드 씨의 처참한 상처, 부러진 지팡이—그러나 어째서 살인을 범했는지는, 살인마의 발광이라는 것 외에 아무것도 머릿속에 떠오를 수 없었다. 정말이지, 발광에서 온 것이라는 이론이 십중팔구 분명할 것 같았다. 윅스티드 씨로 말하면, 버독 경의 집사로서 45,6세의 얌전한 거동과 모습의 주인공으로서, 이와 같이 악독한 적의 분노를 살 만한 위인은 절대로 아니었다. 투명인간은 허물어진 울타리에서 잡아뺀 쇠막대기를 흉기로 사용한 것 같았다. 점심을 먹을 양으로 조용히 집으로 돌아가는 이 얌전한 사람을 불러세워 가지고 덤벼들어, 미력한 저항을 물리치고서 팔을 부러뜨리고 구타하여 두개골을 내리쳤다.

물론 피해자를 만나기 전에 울타리에서 이 쇠막대기

를 잡아뺐다는 것—이미 그것을 손에 들고 있었다는 것
은 틀림없었다. 다만, 여태껏 얘기한 사실 이외에 두 가
지 사정을 참작할 수 있다. 하나는 현장인 자갈밭의 위
치가 윅스티드의 바로 길목이 아니라 거기서 2백 야드
쯤 떨어진 곳이었다는 사실이다. 또 하나는, 오후 수업
을 받기 위해서 학교에 가는 길에 그 피해자가 이상하
게도 들을 가로질러 문제의 자갈밭을 향하여, 토끼처럼
뛰어가는 것을 봤다는 어느 여학생의 진술에 의거한 것
이다. 이 소녀의 몸짓, 흉내를 참작해서 추측한다면 피
해자가 자기 앞에서 움직이는 그 무엇을 쫓으며 지팡이
로 몇 번이고 휘드르더라는 것이다. 그러나 몇 그루의
너도밤나무와 땅이 움푹 패어, 그곳에서의 죽음의 격투
장면이 소녀에게는 보이지 않았다.

그렇다면 독자들의 심증(心證)이 적어도, 덮어놓고
광적인 살인이라고만 치부하는 것으로부터 약간의 성질
을 달리해야 한다고도 볼 수 있겠다. 우리는, 그리핀이
이 막대기를 무기로 이용하기 위해 잡아뺐다는 것을 인
정하면서도 처음부터 사람을 죽일 의식적인 의도 아래
그렇게 한 것은 아니라는 해석을 할 수 있다. 그때 윅
스티드가 우연히 지나가다가 허공을 날아가는 이 신기
한 막대기를 목격했다. 투명인간이라는 생각은 추호도
없이— 버독은 10마일 저편에 있었다—그는 막대기를
추격했다. 아마 그는 투명인간에 대해서는 얘기조차 듣
지 못했을는지 모른다. 이럭저럭 우리가 추측할 수 있

는 것은, 투명인간이 자기의 소재를 주위에 알리지 않기 위해 조용조용 자리를 뜨려는데, 거기에 윅스티드가 흥분된 호기심에서 이 설명할 수 없는 자동체(自動體)의 뒤를 쫓아 지팡이를 휘둘렀다고 볼 수 있다.

물론 투명인간으로서는 보통 환경 같으면 이 중년 신사의 추격을 손쉽게 떼어 버릴 수도 있었겠지만, 윅스티드의 시체가 발견된 현장의 사정이 가시 돋친 쐐기풀과 자갈밭 구석으로 몰아넣었다는 데 운수가 나빴다고 볼 수밖에 없다. 투명인간이 유난히도 성을 잘 내는 편이라는 점을 고려하면, 그 다음의 전말은 추측하기 어려운 일은 아닐 것이다.

그러나 이것은 순전한 하나의 가설(假說)일 뿐이다. 부정할 수 없는 유일한 사실—어린이들의 말은 믿을 수 없는 경우가 많다—은 윅스티드가 시체가 되어 발견되었다는 점, 피묻은 쇠막대기가 쐐기풀 덤불에 던져져 있었다는 점뿐이다. 그리핀이 쇠막대기를 내버렸다는 것은, 그러한 사태에 흥분한 나머지 그것을 소지한 당초의 목적—만약 있었더라면—을 포기했다고 볼 수 있다. 그는 대체로 지극히 이기주의자요 냉혹한 인간이다. 그러나 발길에 쓰러져 피투성이가 된 가련한 시체를 목격했을 때 본인의 숨은 동기는 그만두고라도 잠시 인간적인 충격을 받았을 것이다.

윅스티드를 죽이고 나서 그는 이 일대를 가로질러 들이 있는 낮은 지역으로 내려갈 작정이었다. 펀 버톰 가까운 들판에서 해가 질 무렵에 두 주민의 귀에 소리가 들리더라는 얘기가 있다― 울고불고 웃고 신음하다가 다시 소리를 높이 지르는 것을. 그것이 클로버 밭 중턱까지 올라갔다가 산마루 저 쪽으로 사라지고 말았다.

그러는 동안에 투명인간은 자기가 실토한 사실을 켐프가 여유를 주지 않고서 역이용하고 있다는 것을 이미 알았을 것이다. 집집마다 문이 닫혀 있는 것을 발견했을 것이요, 정거장이나 여관 근처를 방황하다 경고문을 읽었을 것이고, 자기에 대한 일종의 박멸운동 같은 것을 감지했을 것이다. 그러자 밤시간이 진행됨에 따라서 들판에는 삼삼오오 짝을 지어, 요란한 개 짖는 소리와 함께 사람들의 그림자가 나타나기 시작했다. 이들 탐색대는 범인을 발견했을 경우 상호 연락하는 특별한 지시를 받고 있었다. 그러나 그는 이 모든 것을 피했다.

우리는 투명인간의 분노를 다소 이해할 수 있다. 그것은 남 아닌 자기 자신이 제공한 정보에 의한 것이며, 현재 그것이 그에 대해서 무자비하게 역이용되고 있는 것이다. 적어도 그날 하루만은 그의 심중은 절망적이었다. 윅스티드와 격투한 시간을 빼면 24시간 그는 노상 계속 추격을 당하는 신세였다. 밤시간에 그는 먹을 것을 먹고 잠도 잔 모양이었다. 왜냐하면 이튿날 아침이 오자 세계 전체에 대해, 최후의 위대한 투쟁을 각오했음인지 다시 한 번 적극적으로 힘차게, 분노에 찬 악의적인 인간으로 되돌아와 있었기 때문이다.

27 캠프 박사 댁의 포위

켐프는 꾀죄죄한 종이에 연필로 씌어진 기이한 통고문(通告文)을 읽고 있었다.

'그대는 놀랄 만큼 정력적이며 교활하다.' 이렇게 편지는 시작되었다. '물론 그대가 원하는 대로 성과를 거두리라고 믿지 않으나 그대는 나의 원수다. 하루 종일 그대는 내 뒤를 쫓았다. 나의 잠자리까지 뺏으려고 했다. 그러나 여전히 나는 먹을 것이 있었고 잠자리를 구할 수 있었다. 그리고 싸움은 이제부터 시작이다. 이제는 오로지 공포를 풀어 놓을 뿐이다. 이 글로써 공포의 첫날은 선언된 셈이다. 버독 항구는 이미 여왕의 치하(治下)가 아니다. 나의 지배 아래 있다—공포가 오늘은 이 새로운 시대의 1년 1일이다—투명인간 시대의 나는 투명인간 제1세다. 시초에 즈음하여 통치는 용이하다. 첫날은 이것을 표시하기 위해서 한 놈을 처형해야겠다 — 그 사나이의 이름이 켐프다. 죽음이 오늘 그대와 더불어 시작된다. 너도 방문을 잠그고 몸을 감추고 신변에 호위를 두고, 원한다면 갑옷을 입어라. 그러나 죽음은, 저 눈에 보이지 않는 죽음은 가까워 오고 있다. 그대, 경계하라. 이로써 나의 백성은 겁을 집어먹을 것이다. 오정 때까지 우체통으로부터 죽음은 시작되었다. 이 편지가 우체부의 손에서 그대에게로 전해질 것이다. 그러면 그만이다. 싸움이 시작된다. 죽음이 시작된다.

나의 백성들아, 그자에게 협력하지 마라. 그대에게까지 죽음이 오지 않게 하기 위하여. 오늘 켐프는 죽는다.'

켐프는 이 편지를 두 번 읽었다. "이건 엉터리야." 그는 말했다. "그리고 그자의 소리야! 물론 그렇게 해볼 작정이겠지."

켐프는 접혀진 종이를 뒤집어 주소가 적힌 쪽에 힌톤딘이라는 직인이 찍히고 수신자 부담이란 산문적인 글발을 읽었다.

그는 점심을 채 마치기도 전에 천천히 일어서서—통고문은 오후 한시 우편으로 이미 배달되었다. 서재로 들어갔다. 그는 하녀를 불러 곧 집 안을 살펴보게 한 다음 모든 덧문을 닫게 했다. 서재의 덧문은 켐프 자신이 직접 닫았다. 침실에서, 자물쇠를 놓은 서랍에서 소형 권총 한 자루를 꺼내어 세밀히 조사한 다음 실내용 재킷 주머니에 집어넣었다. 그는 몇 장의 간단한 편지를 썼다.그 중 하나는 아이다이 총경에게로 가는 것이었다. 그러곤 하녀에게, 집을 나갈 때는 어떻게 해야 하는가를 똑똑히 이르고 나서 편지를 전하게 했다. 이렇게 하고 나서 짐시 생각에 감겨 있다가 비로소 이미 식은 점심식사를 했다.

식사를 하면서 온갖 생각이 떠올랐다. 그러다가 식탁을 탕! 쳤다. "그녀석을 잡아야겠어! 나는 그것을 위한 미끼가 된다! 녀석은 과불급(過不及)이야."

그는 전망대로 올라가서 조심스럽게 모든 문을 닫아

걸었다. "이건 싸움이다." 그가 말했다.

"기묘한 싸움이야. 그러나 싸움은 모두가 이쪽이 유리하네. 그리핀 군, 보이지 않는다는 무기가 자네에게 있다 할지라도 자, 용기를 내구려, 복수욕에서 세계를 적대하는 그대 그리핀……!"

창가에 서서 그는 무더운 산마루턱을 응시했다. "매일 그녀석은 먹을 것을 구해야 한다. 그러나 나는 부러워하지 않는다. 정말 지난밤엔 잠을 잘 수 있었을까? 어느 구석진 들판에서 아무튼 방해 없이. 이렇게 무더운 날씨 대신에 정말 춥고 비나 와줬으면 좋겠는데."

"녀석이 지금 어딘가에서 나를 보고 있는지 몰라."

그는 창문을 닫으러 갔다. 그 순간 덧문 너머 굴뚝벽을 모질게 두드리는 소리가 났다. 그는 깜짝 놀라 뒤로 물러섰다.

"겁을 집어먹은 것이 아닐까?" 켐프가 말했다. 다시 그 창가로 돌아간 것은 5분 후의 일이다. "참새들의 장난이겠지."

그러자 현관 문에서 초인종 소리가 나기에 빨리 아래로 내려갔다. 문의 빗장을 놓고 자물쇠를 돌리고 나서 쇠사슬을 조사한 뒤 걸어놓은 채 조심스럽게 문만 열어보았다. 그러자 귀에 익은 소리가 인사를 했다. 그것은 아이다이였다.

"당신 하녀가 습격을 당했어, 켐프." 그는 문 저편에서 말했다.

"뭐!" 켐프가 소리질렀다.

"당신 편지를 뺏어 가고 말았어. 놈은 바로 이 근처에 있어. 들어가자구."

켐프가 쇠사슬을 풀자 아이다이는 목이 빠져나갈 만한 사이로 들어왔다. 켐프가 문을 단속하는 것을 다시없이 안도하는 시선으로 바라보면서 그는 홀에 들어섰다.

"편지를 하녀에게서 탈취해 갔어. 그녀는 있는 대로 겁을 집어먹었어. 지금 역으로 내려가 있지. 히스테리에 걸려서. 놈은 이 근처에 와 있네. 어떻게 할 작정인가?"

켐프의 입에서 악담이 튀어나왔다.

"이런 바보가 어디 있어?" 켐프가 말했다.

"미리 알아 둘 걸. 힌 톤딘까지 걸어서 한 시간도 채 못 된다는 것을, 벌써 왔군!"

"무슨 일이 있었소?" 아이다이가 물었다.

"이리 좀 봅시다!"

켐프는 말하고 자기 서재로 안내했다. 그는 투명인간의 통고문을 아이다이에게 내부였다. 아이다이가 그것을 읽고 나서 나지막한 소리로 속삭이는 것이었다. "그래서 당신은……?"

"내 손으로 함정을 판 거로군, 바보처럼." 켐프가 말했다. "그리곤 하녀를 시켜 내 말을 전하다니…… 그자에게."

아이다이도 켐프의 말투를 따랐다. "놈은 물러갈 거
야."

"그녀석에게 보낸 것이 아니라니까." 켐프가 말했다.

집이 떠나갈 듯한 유리 깨지는 소리가 아래층으로부
터 진동했다.

아이다이는 은색 찬란한 소형 권총이 켐프의 포켓에
서 조금 얼굴을 내밀고 있는 것을 보았다.

"이층 창문이다!" 켐프가 말했다. 그러곤 먼저 올라갔
다. 두 사람이 계단을 채 올라가기도 전에 두번째 소리
가 났다. 서재에 이르자 셋 중에서 두개의 창문이 부서
지고, 방은 깨어진 유리조각으로 흐트러져 있었다. 게
다가 집필용 책상 위에는 큼직한 부싯돌 한 개가 떨어
져 있었다. 문간에 선 두 사람은 이 파괴상을 곰곰이
생각하고 있었다. 켐프는 다시금 욕을 했다. 그러자 세
번째 창문이 권총에 얻어맞은 것처럼 탕! 하더니 잠시
허공에 걸렸다가 모서리로, 방을 향하여 떨어졌다.

"이건 뭣 때문이지?" 아이다이가 말했다.

"시작한 거죠." 켐프가 말했다.

"여기까지 기어올라올 수 있겠소?"

"고양이라도 안 되죠." 켐프가 말했다.

"덧문은 없소?"

"여긴 없어요. 아래층 방이란 방이—왔군!"

꽝 하며 나무때기가 모질게 부딪치는 소리가 아래층
에서 들려왔다.

"망할 자식!" 켐프가 말했다. "바로 그거야. 그렇지! 침실에 있는 창문이다. 녀석은 온 집을 저렇게 망쳐 놓을 작정이야. 하지만 바보야, 덧문은 그대로 닫혔으니 유리만 밖으로 떨어지겠지, 녀석의 발이 다치고 말 거야."

또 창문 하나가 부서지는 소리가 났다. 두 사람은 계단 입구에서 당황해서 서 있었다.

"좋은 방법이 있어. 나에게 작대기 같은 게 있으면 좋겠어. 그러면 역으로 달려가서 사냥개를 데리고 와서 풀어 놓지. 그것이 놈을 처치하는 방법이야!"

창문 하나가 또다시 깨졌다.

"당신한테 권총이 없소?" 아이다이가 물었다.

켐프의 손이 자기 포켓으로 갔다. 그러자 그는 주춤했다. "나에겐 하나도 없소. 적어도 예비용으로는."

"내가 가지고 오겠소." 아이다이가 말했다. "당신은 여기면 안전할 거요."

켐프는 솔직하게 얘기하지 못한 것이 부끄러워 무기를 내놓았다.

"자, 문이 있는 곳으로 내려가시죠." 아이다이가 말했다.

홀에 서서 주저하고 있는 사이에 아래층 침실 창문 하나가 깨어지는 소리가 났다. 켐프가 문 앞으로 나가서 소리가 나지 않게 조심스레 빗장을 벗기기 시작했다. 그의 얼굴은 평상시보다 파랗게 질려 있었다.

"똑바로 걸어나가야 해요." 켐프가 말했다.

다음 순간에 아이다이는 문턱에 서 있었고, 빗장이 내려졌다. 그는 잠시 주저하다가, 등뒤에 문이 있다는 것에 다소 안심을 하는 눈치였다. 그러자 몸을 똑바로 세워 어깻죽지를 벌리고 계단을 내려갔다. 잔디밭을 가로질러 그는 정원 입구 쪽을 향해서 갔다. 부드러운 산들바람이 풀밭에 물결을 이루며 지나갔다. 무엇인가 그의 주변에서 움직이는 것 같았다.

"잠깐만." 소리가 말했다. 아이다이는 죽을 상이 되어 발을 멈추었다. 그의 손은 권총 자루를 꽉 잡았다.

"뭐요?" 창백하고도 심각한 표정으로 긴장한 채 아이다이가 말했다.

"제발 집 안으로 되돌아가 줘." 아이다이처럼 긴장된 심각한 어조로 소리가 말했다.

"미안하이." 약간 쉰 소리로 아이다이가 말했다. 그러곤 혀끝으로 입술에 침을 발랐다. 소리가 왼쪽에서 난 것이라 생각했다. 가령 놈이 한방 얻어맞게 된다면 어떻게 될까?

"뭐하러 가는 길이오?" 소리가 말했다. 쌍방이 한 번 재빠르게 몸을 움직였다. 아이다이의 포켓 구멍에 햇빛이 번개같이 비췄다.

아이다이는 참고서 생각했다. "내가 가는 곳은," 그가 천천히 말했다. "소란 때문이오." 이 말이 떨어지기도 전에 한 팔이 그의 목을 안고 정갱이가 등을 갈겼다.

아이다이는 뒤로 나자빠졌다. 어색한 솜씨로 총을 빼 든 그는 무턱대고 쏘아댔다. 그러자 다음 순간에 그는 입을 얻어맞았고, 권총이 손에서 날아갔다. 그는 미끄러운 팔다리를 헛잡고 일어서려 하다가 뒤로 쓰러졌다.

"지랄할 것!" 아이다이가 말했다. 소리가 크게 웃었다.

"총알만 여유가 있다면 너 같은 놈은 죽이고 말았을 거다." 소리가 말했다. 여섯 자 저쪽 허공에서 권총이 자기를 노리고 있는 것을 그는 보았다.

"그래서?" 일어서며 아이다이가 말했다.

"일어서!" 소리가 말했다.

아이다이가 일어섰다.

"차렷!" 소리가 말했다. 그러고 나서 단호한 어조로, "딴 짓은 말아야 해. 너는 내가 안 보이지만 나는 너를 볼 수 있다는 것을 명심해 둬. 너는 집으로 되돌아가야 한다."

"집주인이 못 들어오게 할 거요." 아이다이가 말했다.

"그거 불쌍한데," 투명인간이 말했다. "나는 당신과 싸울 이유는 없다."

아이다이는 한 번 더 입술을 축였다. 그는 권총의 총신에서 시선을 옮겨 멀리, 오정의 햇빛 아래 한없이 검푸른 바다와 초록색이 매끄러운 산마루와 산마루의 흰 절벽과 수많은 도시를 바라보았다. 그러자 불현듯 그는 생명이 한없이 아름답다는 생각을 했다. 그의 두 눈은 다시 천국과 여섯 자 저쪽 대지 사이에 걸려 있는 이 조그만 쇠물체로 되돌아왔다.

“내가 할 일이 뭐요?” 그는 성난 듯이 물었다.

“내가 할 일이 뭐라니?” 투명인간이 물었다. “그대는 해치지 않겠어. 그대가 할 일은 단 한 가지, 되돌아 서는 거야.”

“그러지. 나를 들여 넣어 주더라도 문을 밀어젖히지 않겠다고 약속해 줄 수 없소?”

“내가 그대와 싸워야 할 아무런 이유가 없다니까.” 소리는 말했다.

한편, 켐프는 아이다이를 내보내고 나서 유리조각 위에 웅크리고 앉아 서재 덧문 너머로 조심스럽게 바깥을 응시하며, 아이다이가 보이지 않는 것에 의문을 품고 있었다. “왜 쏘지 않을까?” 켐프는 혼잣말로 중얼거렸다. 그러자 권총이 약간 움직이면서 햇빛이 켐프의 눈에 번쩍 반사했다. 그는 눈을 가리고 앞이 안 보이도록 강렬한 광선 쪽으로 응시의 눈을 던졌다.

“정말이군! 아이다이가 권총을 포기했군.”

“문을 밀어젖히지 않겠다고 약속하시오.” 아이다이의 소리가 들린다. “이겼다고 너무 그러지 마시오. 나에게 한 번 기회를 주구려.”

“당신은 집으로 돌아가. 똑똑히 말해 주지만 나는 아무것도 약속하지 않는다.”

아이다이는 돌연 결정한 모양이었다. 손을 뒤로 돌리고 천천히 집 있는 곳으로 걸어왔다. 켐프는 그것을 응시했다. 그는 당황했다. 권총이 다시 사라지고 한 번 더 눈 아래로 번쩍하더니 다시 없어졌다가 가까이 오는 것을 자세히 보고 있노라니까 조그만 검은 물건이 아이다이의 뒤를 따라오고 있었다. 순간 아이다이가 뒤로 몸을 날려 이 조그만 물건을 잡으려고 했다. 그것을 놓치자 허공에 한 점 푸른 연기가 터져나오면서 아이다이의 두 손이 올라가고 앞으로 보기 좋게 푹 거꾸러지고 말았다. 켐프의 귀에는 총 소리가 들리지 않았다. 아이다이가 몸을 비틀어 한쪽 팔로 일어서려다가 앞으로 거꾸러져 드러누운 채 움직이지 않았다.

잠시, 켐프는 아이다이의 부주의한 태도를 응시하면서 움직이지 않았다. 그날 오후는 퍽이나 덥고 조용했으며, 움직이는 것이라고는 이 집과 정원의 입구 사이의 덤불 사이로 희롱하는 한 쌍의 나비뿐이었다. 아이다이는 입구에 가까운 잔디밭에 쓰러져 있었다. 산마루턱으로 트여 있는 별장이란 별장 문은 모두 발을 내려놓았고, 다만 초록색의 조그만 정자에 늙은이같이 보이는 흰 그림자가 졸고 있었다. 켐프는 문제의 권총을 찾기 위해서 집 주변을 응시했으나 보이지 않았다. 그는 다시 아이다이에게로 시선을 돌렸다. 싸움은 근사하게 막을 열었다.

그러자 현관문을 밀고 두드리곤 하는 소리가 나더니 드디어 와당탕, 야단법석이었다. 그러나 켐프의 명령에 따라서 하인들은 제각기 방에서 문을 잠그고 나오지 않았다. 잠시 조용해졌다. 앉은 채 켐프는 귀를 기울였다. 그러고 나서 세 개의 창문을 하나씩 조심스럽게 내다보았다. 그는 계단 입구까지 나가서 불안스럽게 귀를 기울이고 서 있었다. 그는 침실에 있던 부삽을 들고 아래층 창문을 한 번 더 단속하러 내려갔다. 모든 것이 안전하고 조용한 상태였다. 그는 전망실로 되돌아왔다. 아이다이는 조금 전에 쓰러진 자갈 위에 죽어 넘어져 있었다. 그때 별장을 향해서 하녀가 경찰관 몇 명을 데리고 걸어오고 있었다.

모든 것이 죽은 듯 고요했다. 세 사람의 걸음거리는 너무나 느린 것 같았다. 그러는 동안에 투명인간이 무슨 짓을 할는지는 정말 알 수 없었다.

그는 깜짝 놀랐다. 아래층에서 무엇이 깨지는 소리가 났다. 주저하면서 그는 다시 아래로 내려갔다. 돌연 온 집안에 무거운 타박(打撲)과 나무가 날아가는 소리가 울려 왔다. 깨지는 소리와 함께 덧문 쇠빗장이 부딪치는 소리가 요란스럽게 났다. 그는 열쇠를 돌려 부엌문을 열었다. 그렇게 하는 사이에 덧문이 갈라지고 날아가면서 부서진 것이 방안으로 뛰어들었다. 그는 멍하니 서 있었다. 그쪽 창살은 열십자로 질러 놓은 빗장 이외에는 아직 그대로 남아 있었다. 그러나 창살에는 유리 조각만이 앙상하게 남아 있었다. 덧문은 도끼 끝에 떨어지고 이제 도끼는 창살과 그것을 가로막고 있는 쇠빗장을 비오듯 내리치는 것이었다. 그러자 창문이 옆으로 달아나고 말았다.

그는 권총이 바깥 정원에 놓여 있는 것을 보았다. 그러자 그 조그만 무기가 허공으로 뛰어올랐다. 그는 뒤로 몸을 비켰다. 권총이 발사된 것은 그 다음 순간이었고, 닫혀진 문에서 튀어나온 파편이 머리 위를 스쳐갈 뿐이었다. 그는 문을 모질게 닫아걸어 잠그고 말았다. 그러자 그리핀의 고함 소리가 홍소(哄笑)와 더불어 들려왔다. 다음에는 도끼가 아까처럼 야단스럽게 소리를 내기 시작했다.

통로에 서서 켐프는 마음을 가다듬었다. 언제 이 투명인간이 부엌으로 침입할는지 알 수 없었다. 그 문은 오래 지탱할 것 같지 않았다. 그렇게 되면 그때는…….

다시 현관문에서 초인종 소리가 났다. 경찰관들이 온 것이다. 그는 홀로 뛰어가서 쇠사슬을 끌러 젖히고 빗장을 올렸다. 쇠사슬을 비키기 전에 그는 하녀의 소리를 확인했다. 그러자 경찰 셋이 한꺼번에 집 안으로 뛰어들었다. 켐프는 다시 문을 닫았다.

"투명인간이 왔어!" 켐프가 말했다. "녀석의 손에는 권총과 탄환이 두 개 들었어, 녀석은 아이다이를 쏘아 죽였어. 여하튼 두 문은 마구 쏘아도 좋소. 그래, 당신들은 정원에서 총경을 보지 못했소? 그는 거기에 쓰러져 있소."

"누가?" 한 경찰이 말했다.

"아이다이 말이야." 켐프가 말했다.

"우리는 뒷문으로 돌아왔습니다." 하녀가 말했다.

"무엇이 깨지는 거요?" 경찰관 한 명이 물었다.

"녀석은 지금 부엌에 들어가 있어. 그렇지 않으면 곧 들어갈 거야. 놈은 도끼를 발견했어."

그러더니 온 집 안에 부엌문을 갈기는 투명인간의 도끼 소리가 진동했다. 하녀는 부엌 있는 곳을 바라보더니 식당으로 들어섰다. 캠프는 뜨문뜨문 사정을 설명하려 했다. 모두들 부엌문이 열리는 소리를 들었다.

"이리로." 갑자기 행동을 취하며 캠프가 말했다. 그리고 식당문 입구에다 경찰들을 밀어넣었다.

"부지깽이를." 캠프가 말하면서 난로 있는 곳으로 달려갔다.

그는 가지고 있던 부지깽이를 두 경찰에게 나누어 주었다.

그러자 그는 돌연 뒤로 쓰러졌다. "악!" 한 경찰이 소리를 지르면서 몸을 낮추어 부지깽이로 도끼를 잡았다. 권총에서 나머지 한 방이 발사되었고, 총알은 고가의 초상화를 뚫고 나갔다. 두번째 경찰이 부지깽이로 모기를 때려잡듯이 권총을 내리갈겼다. 권총이 소리를 내며 방바닥에 떨어졌다.

도끼가 땅에서 두 자 가량의 높이로 통로를 내려갔다. 모두들 투명인간의 거센 숨소리를 들을 수 있었다. "두 놈은 비켜."하고 그쪽에서 말했다.

"내 상대는 캠프다."

"우린 당신을 잡아야겠다." 번개같이 한 걸음 다가서며 부지깽이로 소리나는 곳을 휘두르면서 첫번째 경찰이 말했다. 투명인간이 불시에 뒤로 물러선 듯 스탠드가 넘어졌다.

동시에 휘두른 손의 반동으로 경찰관이 비틀거리는 사이에 투명인간이 도끼로 받아넘겼다. 경찰관의 철모(鐵帽)가 구겨진 종이처럼 되어 버리고, 그 바람에 경찰관은 부엌 계단 위에서 아래로 공처럼 굴러떨어졌다.

그러나 두번째 경찰관이 부지깽이로 도끼의 뒤를 겨누어 툭! 하며 무엇인지 물컹하는 곳을 쳤다. 고통스러운 날카로운 비명소리가 나고 도끼가 땅에 떨어졌다. 경찰관이 허공을 한 번 더 휘둘렀으나 반응이 없었다. 그러자 경찰이 부지깽이를 든 채 그 자리에 서서 무엇이 움직이나 여념없이 귀를 기울이고 있었다.

식당 창문이 열리며 숨가쁜 발자국 소리가 났다. 쓰러졌던 경찰관이 몸을 굴러 일어섰다. 눈과 귀 사이로 피가 흐르고 있었다.

"어딜 갔나?" 방바닥에 주저앉은 경찰관이 물었다.

"알 수 없어, 내가 놈을 갈겼어. 자네 옆으로 도망친 것이 아니면 이 홀 안에 있을 거야. 켐프 박사님!"

"켐프 박사님!" 경찰관이 재차 소리쳤다.

두번째 경찰관이 일어서려고 버둥거렸다. 그러다 정말 일어섰다. 돌연 부엌 계단 위로 들릴까말까 맨발자국 소리가 났다.

"에잇!" 첫번째 경찰관이 소리치며 쥐었던 부지깽이를 던졌다. 부지깽이가 조그만, 가스용 까치발에 맞았다.

그는 흡사 투명인간을 아래층으로 추격하려는 것도 같았다. 그러나 생각을 달리해서 식당으로 뛰어들었다.

"켐프 박사님!" 그는 부르다가 입을 다물었다.

"켐프 박사님은 영웅이야." 같이 온 경찰관이 어깨너머로 돌아다보는데 그가 말했다.

식당의 창문은 활짝 열려 있었고, 하녀도 켐프 박사도 거기에는 없었다.

두번째 경찰관이 본 켐프 박사의 모습은 재빠르고도 인상적인 것이었다.

28 투명인간의 최후

별장을 가진 사람 가운데 켐프 씨댁에서 가장 가까운 이웃 노인 힐라스 씨는, 켐프 박사의 별장에서 포위 소동이 시작되었을 때 자기 집 정자에서 낮잠을 자고 있었다. 힐라스 영감님은 투명인간을 있을 수 없는 애기로 돌려 버리는 완강한 대다수 사람 중의 한 사람이었다. 그의 부인은, 그 뒤에 노인이 한 말에 의하면 그렇지 않았다. 아무 일도 없다는 듯, 그는 고집을 피워 정원을 나다니기도 했고, 계절의 습관에 따라서 오수를 즐기는 중이었다. 창문이 깨어지고 하는 중에도 잠이 깨지 않았다가 무슨 일이 일어났으리라는 기묘한 예감에서 그는 벌떡 일어났다. 눈을 비비면서 그는 켐프 박사 집 쪽으로 시선을 돌렸다. 그리고 재차 눈을 떠보았다. 그 다음에는 일어서서 귀를 기울였다. 거기에는 그 무슨 격렬한 폭동이 일어난 후 몇 주일 동안 내버려둔 것처럼 무참한 광경이 기다리고 있었다. 창문이라는 문은 모조리 부서졌고, 전망대 겸 서재를 제외하면 안에서 덧문을 닫아걸고 있었다.

"변괴가 일어나지 않았으면 좋겠는데……." 그는 시계를 보았다." 잠든 지 20분밖에 지나지 않았는데." 노인의 귀에는 규칙적으로 부딪치는 소리와 유리가 갈라지는 듯한 소리가 멀리서 들려왔다. 그러자 곧 입을 벌리고 멍하니 앉아 있는데 더 한층 희한한 일이 생겼다. 식당 창문 쪽 덧문이 맹렬히 소리를 내면서 열리더니 외출복을 입은 이 집 하녀가 필사적으로 창틀을 끌어올리려고 허둥거리는 광경이 나타났다. 그러자 난데없이 사나이 하나가 나타나더니 그녀와 힘을 합하여 끌어올리는 것이었다. 그것은 켐프 박사였다! 다음 순간에 창문이 열리고 하녀가 간신히 바깥으로 빠져나왔다—여자의 몸이 앞으로 내던져지면서 나무덤불 사이로 자태를 감추었다. 힐라스 씨는 이 희한한 사태에 대해서 종잡을 수 없는 말로 미친 듯이 소리치며 일어섰다. 켐프가 문턱으로 뛰어올라서더니 거기서 다시 뛰어내리자 다음 순간에는 나무 사이로 트인 길을 달리는 모습이 내다보이는 것이었다. 달아나면서 몸을 새우등처럼 구부리는 것이 사람의 눈을 피하는 거동이었다.

"웬!" 어떤 생각에 아찔해진 힐라스 씨가 소리쳤다. "필시 저 무도한 투명인간일 거다! 그러나 내가 염려할 건 없어!"

힐라스 같은 위인이 이런 결정을 내렸다면, 그것은 곧 그대로 실천으로 옮긴다는 것을 의미한다. 지붕에 트인 창 너머로 켐프 박사의 거동을 내려다보던 이 집 요리사는, 시속 9마일의 엄청난 속도로 이 집을 향해서 달려오는 데 깜짝 놀랐다. 그러자 문이 닫히는 소리, 초인종 소리, 게다가 황소가 울부짖는듯한 힐라스 씨의 목소리가 한꺼번에 터져나왔다.

"문을 닫고 바깥문을 걸고, 모두 닫아걸어라! 투명인간이 온다."

순간적으로 온 집 안이 비명소리와 명령하는 말 소리와 허둥지둥하는 발걸음으로 아수라장이 되었다. 힐라스 씨 자신도 달려가서 발코니로 통하는 미닫이문을 닫았고, 그렇게 하는 사이에 켐프의 머리와 어깨와 그리고 무릎이 정원 울타리 저쪽에 나타났다. 다음 순간 켐프가 아스파라거스 밭을 헤치고서 테니스 코트를 가로질러 이 집을 향해서 달려오는 것이었다.

"못 들어와요." 빗장을 지르면서 힐라스 씨가 말했다. "놈이 뒤를 쫓아오는 건 동정하고 싶소. 그러나 당신을 넣어 드릴 순 없소!"

공포에 떠는 얼굴을 유리에다 대고서 켐프는 창을 두드리고는 미닫이문을 미친 듯이 흔들었다. 그러다가 모든 것이 소용없음을 깨닫고 나서 발코니로 달려가더니 옆문을 주먹으로 두드렸다. 그리고 당장 문에서 이 집 정면으로, 거기서 다시 산마루 길을 쫓아 달아났다. 그러는 사이에 힐라스 씨는 창문 너머로—공포에 질린, 얼굴을 하고서— 켐프의 그림자가 사라졌다고 안심을 했다. 그러나 그것도 잠시, 눈에 보이지 않는 발이 아스파라거스 밭을 이리저리 짓밟고 다니는 것을 보았다. 힐라스 씨는 자기도 모르게 위층으로 달아났다. 그 다음부터의 광경은 그의 시야 밖으로 사라졌다. 그러나 이 집 주인이 계단에 트인 창 옆을 지나갔을 때에 당장 문이 탕! 하고 닫히는 소리가 났다.

산마루 길로 뛰어나오자 켐프는 당연히 내리막길을 택했다. 이렇게 해서 불과 며칠 전까지만 해도 자기의 전망대에서 그렇게도 우스꽝스럽다는 듯이 내려다보던 바로 그 달음박질을 자기 자신이 달리지 않을 수 없는 처지가 되고 말았다. 이 방면의 훈련을 받은 사람처럼 그는 제법 그럴싸하게 달렸다. 얼굴이 창백하고 땀투성이가 되었지만 그래도 정신만은 끝까지 냉정했다. 그는 한 걸음 한 걸음씩 멀리 뛰면서, 길바닥이 험하다든가 날카로운 부싯돌이 드러나 있다든가 유리조각이 눈부시게 반짝인다든가 할 때마다 뒤따라오는, 보이지 않는 맨발이 어떤 봉변을 당하건 그만은 실수하지 않았다.

　그는 평생에 처음으로 이 산마루 길이 형언할 수 없이 멀고도 거칠며, 산허리에서 내려다보이는 집들이 기묘하게 아득한 곳에 있다는 것을 발견했다. 도보로 달리는 것만큼 느리지는 않았다. 오후의 태양 아래 모든 별장들은 냉정하게 문을 닫고 있었다. 물어 볼 것도 없이 그것은 켐프 자신의 명령에 의한 것이었다. 그러나 집집마다 모두들 이와 같은 광경을 내다보고 있었을 것이다. 온 도시가 이미 들고 일어섰으며 시민들이 법석대고 있었다. 산기슭에는 전차가 도착하는 참이었다. 그 뒤가 경찰서다. 보이지 않는 발자국은 어디쯤에 있을까? 터벅터벅!

　아래쪽에서 사람들이 켐프를 응시하고 있었다. 한두 사람이 달아났다. 숨이 차서 헐떡거리기 시작했다. 전차 종점이 이젠 제법 가까워졌다. 그때 명랑장에서는 문을 닫는 소리가 야단스럽게 들려왔다. 전차길 너머 우체통이 보이고, 하수도 공사를 하는 중인지 산더미 같은 자갈을 쌓아 놓았다. 전차에 뛰어올라 문을 닫아걸고 경찰서로 갈까 하는 생각이 켐프의 머리를 스쳐갔다. 다음 순간에 그는 명랑장 문앞을 지나갔다. 이곳 전차 종점에는 사람들이 모여 있었다. 역마차의 차부나 조수는 켐프의 심상치 않은 거동에 놀라서 말을 채 달지도 않은 채 눈을 휘둥그레 떴다. 이렇게 놀란 사람들 저편에 일꾼들의 그림자가 자갈모래 위로 어른거리고 있었다.

켐프의 발걸음이 잠시 멈췄다. 그러자 추격자의 재빠른 발자국 소리가 들려왔다. 그는 다시 앞으로 달렸다. "투명인간!" 어렴풋이 몸짓을 하면서 그는 일꾼들을 향해서 외쳤다. 그리고 용기를 내어 파헤친 곳을 뛰어넘어서 추격자로 하여금 기운깨나 쓰는 사람들이 있는 곳을 지나도록 했다. 그러자 경찰서로 간다는 생각을 포기하고 그 대신 작은 옆길을 잡아 들어가는데, 달려오는 채소차를 비키고 과자가게 입구에서 십 분의 1초 가량 주저하다가 다시 산마루 길로 되돌아가는 한 소로를 잡아 들어섰다. 두세 명의 아이들이 놀고 있다가 비명을 올리면서 사방으로 흩어졌다. 그러자 집집마다 문이 열리고 흥분된 어머니들이 뛰어나왔다. 켐프는 아까 전차 종점으로부터 3백 야드 가량 떨어진 언덕 길을 향하여 쏜살같이 달아났다. 그러자 저편에서 굉장한 고함소리와 함께 사람들이 우왕좌왕하고 있는 것을 보았다.

켐프는 산마루 쪽 길목을 내다보았다. 2미터 저편에서 건장한 체구의 일꾼 하나가 뭐라고 욕을 하면서 삽을 무섭게 휘두르며 달려오고, 바로 뒤에 전차 차장이 주먹을 내흔들며 따라오는 것이었다. 길 서쪽에서도 사람들이 야단스럽게 소리치며 달려왔다. 길 아래쪽, 인가가 오밀조밀한 길목에서도 남녀들이 달려오고 있었다. 그리고 곤봉을 든 사나이 하나가 가게로부터 뛰어나오는 것을 똑똑히 보았다.

"흩어져! 흩어져!" 누군가 소리를 질렀다. 돌연 켐프는 자기 입장이 달라졌다는 것을 알아챘다. 그는 발을 멈추고 헐떡거리면서 주위를 살폈다. "가까이 왔어!" 그는 소리질렀다. "전차길 저편에서……."

켐프는 귀퉁이를 심하게 얻어맞았다. 그리고 보이지 않는 가해자 쪽으로 몸을 돌이키면서 쓰러졌다. 그래도 그는 간신히 두 발을 꿋꿋이 유지했다. 동시에 주먹으로 후려갈겼으나 반응이 없었다. 그러자 그는 다시 턱 밑을 얻어맞고 거꾸로 땅 위에 쓰러졌다. 다음 순간 발로 옆구리를 차이고, 두 개의 모진 손에 목을 졸렸다. 그러나 한쪽 손의 힘이 확실히 약했다. 켐프가 약한 쪽 팔목을 잡았다.

가해자의 입에서 "아야!" 소리가 터져나왔다. 그러자 그 일꾼의 삽이 그의 머리 위로 프로펠러처럼 날기 시작했다. 다음 순간, 둔탁한 소리가 나면서 삽에, 부딪히는 것이 있었다. 켐프는 얼굴에 물이 떨어지는 것을 느꼈다. 목을 조르던 두 팔의 힘이 돌연 풀어지는 순간, 그는 있는 힘을 다하여 매끄러운 어깨를 잡은 채 앞으로 거꾸러지면서 자유로워졌다. 다음 순간 그는 땅바닥 가까이 보이지 않는 팔꿈치를 꽉 잡았다.

"잡았다!" 켐프가 소리쳤다. "거들어! 거들어! 잡아! 넘어졌다. 발을 잡아!"

그러자 최후의 힘을 다하여 투명인간이 허둥거리며 일어섰다. 켐프가 사슴을 잡는 사냥개처럼 앞을 가로막고 매달렸다. 동시에 10여 개의 손이 보이지 않는 것을 잡아 쥐고 덤벼들었다. 차장이 목을 틀어 쥐고 뒤로 잡아당겼다.

그러자 옥신각신, 사람들이 무리지어 엎치락뒤치락하는 것이었다. 아마 한 사람은 죽어라고 발로 차기도 했을 것이다. 그러자 돌연 "살려 줘, 살려 줘!" 하는 짐승 같은 비명소리가 나더니 곧 목멘 소리로 기어들어가고 말았다.

"물러서! 이 바보들." 켐프가 밑에서 외쳤다. "놈은 다쳤어. 물러서!"

비켜나라고 약간 옥신각신했다. 그러자 원형으로 둘러선 사람들의 상기한 눈에 켐프 박사가 무릎을 꿇고 앉아 보이지 않는 두 팔을 잡고 있는 광경이 나타났다. 박사 뒤에서 한 치안관이 보이지 않는 발등을 잡았다.

"그놈을 놓치면 안 돼!" 피묻은 삽을 들고 아까의 그 건장한 일꾼이 소리쳤다. "놈이 꾀를 부리는 거야."

"꾀 부리는 것이 아니야." 조심스럽게 무릎을 일으키면서 박사가 말했다. "그러나 잡고는 있겠어." 박사의 얼굴은 멍이 들어 벌써 파랗게 되었다. 입술이 터져 말소리조차 이상했다. 그는 한쪽 손을 놓고서 보이지 않는 얼굴을 만져보는 것 같았다.

"입이 한강수(漢江水)로군." 그가 말했다. 그러고 나서, "이럴 수야!"

켐프는 돌연 일어섰다. 그리고 보이지 않는 사나이 옆에 무릎을 꿇었다. 사람들이 모여들어 밀고 덮치고 했다. 명랑장의 문이 열렸다. 아무도 말이 없었다. 켐프의 손이 허공을 미끄러지면서 무엇인가를 짚어 보는 것 같았다. "숨이 끊어졌군. 옆구리가, 앗!"

그 건장한 일꾼의 팔 아래로 들여다보고 있던 한 노파가 비명을 올렸다. "저것 봐!." 주름투성이 손가락을 내밀면서 그녀는 말했다. 그러자 그 손가락 끝이 가리키는 곳에 모든 눈이 집중했다. 희미하고 투명한, 흡사 유리 너머로 보는 것 같은 혈관과 동맥과 골격과 신경이 나타나고 손—핏기없이 늘어진 손의 윤곽이 드러났다. 응시하고 있는 사이에 그것은 흐려지고 불투명한 것으로 변했다.

"저것 봐!" 치안관이 말했다. "다리가 나타나기 시작했다!"

그렇게 해서 천천히, 처음에는 손과 발이, 다음에는 사지로부터 신체의 중요한 부분으로 기묘하게 인간의 모습으로 변해 가는 것이었다. 그것은 흡사 그 무슨 독약이, 천천히 확대되어 가는 것도 같았다. 그러자 가슴과 어깨와, 그리고 깨어진 몸뚱이 전체가 드러났다.

이렇게 해서 군중이 물러서고 켐프가 일어설 때에는 벌거숭이가 된 처참한 모습의, 서른 살 전후로 짐작되는 젊은 사나이의 깨어지고 멍든 육체가 땅 위에 쓰러져 있는 광경이 나타났다. 머리털과 눈썹은 희고— 연령 때문이 아닌, 눈동자는 석류석(石榴石) 같았다. 그의 손은 불끈 쥐어졌고 눈을 뜨고 있어, 전체적인 인상이 분노와 미련에 가득 차 있는 것 같았다.

"얼굴을 덮어라!" 한 사나이가 소리를 질렀다.

"제발 얼굴을 덮어 둬!"

명랑장에서 누가 덮을 것을 가지고 와서 시체를 덮었다. 그리고 모두들 그것을 집 안으로 운반했다. 이렇게 해서 여기 번지르르하고 어두운 침실 안, 보잘것없는 침대 위에서 상처투성이가 되어, 배신당하면서도 가련하다는 말 한 마디 못 듣고, 무지하고 흥분한 사람들의 눈앞에서 그리핀은, 인류 최초로 투명인간이 될 수 있었던 모든 물리학자 중에서 으뜸가는 재질의 주인공인 그리핀, 그 그리핀이 이제 한없이 불행한 숙명을 안고, 그 기묘하고도 등골이 서늘해지는 생애를 마친 것이다!

에필로그

　이렇게 해서 투명인간의 기묘하고도 악마적인 실험에 관한 이야기는 끝났다. 그러나 만약 좀더 자세한 얘기가 듣고 싶은 사람이 있다면 스토 항구에 가까운 저 작은 여관을 찾아 그 집 주인에게 물어 보면 된다. 이 여관 집 간판은 널빤지에다가 모자와 장화만을 그려 놓았고, 이름은 이 소설의 제목 그대로다. 주인은 키가 작고 연통처럼 추켜든 안장코, 철사같이 꿋꿋한 머리카락에다가 이따금씩 얼굴이 붉어지는 것이 인상적이다. 술마시기를 좋아하는 그는 그 뒤에 일어난 일과, 게다가 자기에게 걸려든 보물을 변호사들이 어떻게 해서 빼앗아 가려고 했는가에 관한 전말을 털어놓고 얘기해 줄 것이다.

　"발견되었을 때 누구의 소유인지 증명을 댈 수 있어야지. 그런데 나는 다행이야." 그는 말한다. "사람들이 나를 틀림없는 보물 사기범으로 몰려다가 실패로 돌아갔단 말이야! 내가 보물 사기범으로 보이나요? 그러던 차에 어느날 밤 한 신사 양반이 엠파이어 뮤직홀에서 돈을 주면서 얘기를 해달라는 거야. 내 입으로 이야기해 달라는 부탁이었어. 물론 한 가지만은 놔두고."

　그래서 만약 이 집 주인의 회고담을 중간에서 맺어

버리려거든 문제의 원고 세 권이 없었던가를 물으면 된다. 그는 있었다고 긍정하고 나서 자기가 그것을 가지고 있다는 것은 천하가 아는 바라고 장광설을 늘어놓기 시작할 것이다. 그러나 여러분! 사실 그의 손에는 없다.

"내가 스토 항구로 뺑소니칠 때에, 투명인간이 그 책을 감출 양으로 그것을 가지고 달아났단 말이야. 내가 갖고 있다고 켐프 선생이 사람들에게 믿게 만든 거요."

주인의 태도가 심각해지고 당신의 얼굴을 슬쩍슬쩍 쳐다보면서 초조한 빛으로 안경을 들먹거리다가, 곧 바에서 물러나고 만다.

그는 홀아비다—성미가 원체 그렇게 되어먹었다. 그래서 이 집에는 여자 식구라고는 한 사람도 없다. 밖으로는 단추를 끼우지만—체면상의 문제이기에—그야말로 정말 혼자만의 경우에는 가령 바지걸이를 해야 할 때는 여전히 간단한 끈을 택한다. 그는 집안일을 처리하는데 장삿속으로 하는 것은 아니고 여간 범절을 갖추는 편이 아니다. 동작이 느리긴 하나 상당한 사상가다. 마을에서 그는 지혜로나 인색한 점에서 모르는 사람이 없고 남부 잉글랜드의 도로에 관한 지식은 이 방면의 권위자인 코벳 이상이다.

일요일 아침이면, 정말 일요일 아침이 오면 일 년 열두 달을 외부세계와 격리되어 있는 동안, 그리고 밤 열시가 넘으면, 약간 데운 한 잔의 진을 들고서 바로 들어가 쭉 들이키고 나서 문을 잠그고 밭을 조사하고 심지어는 테이블 밑까지 들여다보는 것이다. 그러고선 아무도 없다는 것이 확인되면, 비로소 그는 열쇠를 돌려 찬장문을 열고, 찬장 안에서 통 한 개를 꺼내 뚜껑을 열고서 밤색 가죽으로 제본한 책 세 권을 끄집어내어 그것을 엄숙한 태도로 테이블 한복판에다가 갖다 놓는다. 표지는 세찬 풍상을 겪어 곰팡이가 슬었다. 한번 도랑 신세를 봤기 때문이다. 이 집 주인은 팔걸이의자에 앉은 다음 천천히 토기 파이프에 담배를 넣는다. 그리고 책을 바라보면서 퍽이나 맛있게 연기를 내뿜는다. 그러면서 한 권을 잡아당겨 책장을 이리저리 넘기면서 들여다보는 것이다.

그는 이마를 찌푸리고 입술을 애달프게 움직인다.

"마술, 둘을 조그맣게 하늘에 올려, 열십자로 가로질러 두둥 둥 둥, 하느님이시여! 학자를 위해서 이건 그만이야!"

그러자 그는 피로가 가시는 것을 느끼고 등을 의자에 갖다댄다. 그리고 담배연기 속으로 방 저쪽에 자기만이 볼 수 있는 그 무엇을 놀란 듯이 응시하는 것이다. "비밀투성이야." 그는 말한다. "아름다운 비밀이야!"

"내가 비밀을 풀 수만 있다면 하느님이시여! 그 사람이 하던, 그런 짓은 않겠어. 난 그저 두고 봐야지!" 그는 파이프를 빨아당긴다.

이렇게 해서 그는 꿈나라로 들어가는 것이다. 아름다

운 인생의 꿈으로. 그러기에 아무리 켐프가 끊임없이 탐색을 한다 해도 이 집 주인 이외에는 아무도 그 책이 여기에 있다는 사실을 아는 사람이 없다. 거기에 적혀 있는 저 신비로운 투명의 비밀과 그외의 여러 가지 기묘한 비밀을. 그리고 그가 죽을 때까지 아무도 알지 못할 것이다.

옮긴이 후기

이 책 ≪The Invisible Man≫에 대해서

보이지 않는다는 것!—이편에서는 볼 수 있는데 상대방의 눈에는 보이지 않는 인간이 되어 보았으면 하는 것은 누구든지 한두 번쯤 간절히 바라는 소원일 것이다. 그뿐인가, 인간이 새처럼 창공을 날고, 인간이 위성을 띄워 지구 주위를 돌게 하고, 달나라에까지 날아가게 하는 과학 문명의 기적은 우리가 노상 보고 듣고 하는 오늘의 상식이다.

그런데 여기에 보이지 않는 인간이 나타났다. 한 젊은 과학자가 천재적 두뇌와 절륜(絶倫)의 정력을 구사하며 드디어 오랜 인간의 꿈이던 투명(透明)의 신비를 자기 자신의 육체에다가 점지하는 데 성공했다. 무한한 희망과 행복과 승리의 앞날이 이로써 실현될 것도 같다. 투명인간의 위력은 이 정도로 그치지 않았다. 돈도 명예도 흥미없다는 이 기묘한 인간은 마침내 스스로 이루어 놓은 이 과학의 힘을 이용해서 자기의 포악한 뜻을 모든 인류에 대해서 강요하되, 거역하는 자에겐 죽음을 준다는 무서운 야망을 품게 된다. 그리고 이것은 단순한 하나의 환상적인 과학소설만의 교훈이 아닌 성싶다. 왜냐하면 오늘날 과학의 위력을 배경으로 해서 내세워진 이러한 성질의 자아도취와 인간성에의 배반은, 이미 우리와 함께 와 있다 해도 누가 부정할 것인가? 투명인간에의 악몽은 그러므로 과학 만능의 20세기 후반기의 엄연한 현실로서 나타나 있다는 데 이 작품이 지닌 역사적 교훈이 있으며 바로 그런 점이 그 어느 신랄한 문명비판보다 읽는 사람의 가슴에 깊이 파고드는 것이다.

20세기 문명의 예언자로서 자처해 온 웰스가 이 작품을 쓴 것은 20세기의 관문에 들어서기 직전의 일이다. 그리고 그의 예언자적인 경고는 이미 너무나 정통으로 우리들의 역사의식 가운데 들어맞고 말았다. 인간은 어디까지나 환경의 소산이라는 생물학적 견해에 입각하여 자유와 행복에의 꿈과 환상을 줄곧 추구하여 마지않았던 웰스에게는 이 소설 주인공의 비극적 결말이 인류의 앞날을 위하여 사전 경고가 되어야 한다는 강렬한 휴머니즘이 깔려 있다. 그러한 의미에서 이 작품은 좁은 문학작품의 테두리를 훨씬 넘어선 영원성을 간직한다. 그러면 그 다음에 오는 것은? 이에 대한 해답은 웰스가 발표한 저 호한(浩瀚)의 저술을 더듬어 보지 않을 수 없다. 그러나 그것은 후기를 쓰는 역자의 당장의 임무 밖의 일이다.

≪투명인간≫은 ≪시항기(時航機 : The Time Machine)≫가 나온 몇 년간, 웰스로 말하면 가장 의욕적

이며 작품활동이 한창 궤도에 오르기 시작한 한 시기에
씌어졌다. 환상적이라고는 하지만 과학적 사실성(寫實
性)에 입각한, 치밀한 플롯과 묘사력 때문에 끝까지 독
자는 ≪투명인간≫이 독자의 눈앞에 있는 것처럼 느껴
졌을게다. 그런 점에서 웰스의 과학소설이 흔히 볼 수
있는 군서(群書)와는 전연 비교가 될 수 없다는 결론이
내려진다.

　끝으로 원문을 다룰 수 있는 독자라면 웰스의 정확하
고도 섬세하고, 치밀하면서도 상징적인 스타일에 접근
해 볼 만하다.

옮긴이 약력

동경 외국어대학 영어과 졸업
만주고문(高文) 자격 채용시험 합격
대학교수 역임
한국국제협회 회장
한국유네스코위원회 창립위원
서울 신문학원 설립위원

저   서
≪세계인물론≫ ≪원자시대의 환상≫ ≪현대의 예언≫
≪KOREA LOOKS AHEAD≫(영문 저서)
≪THE SONG OF ARIRANG≫ (영문 창작집)

역   서
헤밍웨이 ≪무기여 잘 있거라≫
E.A.버트 ≪불교의 진리≫

투명인간　　　〈서문문고 74〉

초판 발행 / 1972년　2월　5일
개정판 1쇄 / 1997년　12월　5일
옮긴이 / 박 기 준
펴낸이 / 최 석 로
펴낸곳 / 서 문 당
주 소 / 서울시 마포구 성산동 103-7호
전 화 / 322—4916~8 팩스 / 322-9154
등록일자 / 1973. 10. 10
등록번호 / 제13-16

* 잘못된 책은 바꾸어 드립니다